Seba・蝴蝶

Seba・蝴蝶

Seba · 蝴蝶

Seba・蝴蝶

Seba・蝴蝶

Seba・蝴蝶

蝴蝶館 79

司命書

貳

Seba 蝴蝶 ◎ 著

elegantbooks

目次

命書卷陸

生有其歡

「對了，那個失蹤的『太子』呢？」醒來正在喝牛奶的準人瑞突然想到。

「妳說邵龍？」黑貓語氣很冷淡，「把他所有積分和金手指全賠光，勉強保命。我讓他回去做新手任務了，幹了三百多個任務也沒讓他變得聰明一點點，滾回去繼續打雜吧。」

「……他有金手指？」準人瑞真難以置信。有金手指還一個照面讓人幹掉？

「滿身金手指也不能改變智商欠費所以不上線的事實。」黑貓猶有餘怒。

準人瑞盡量忍住笑。畢竟算是同事，給點面子。

黑貓還是勉強平靜下來，「做滿十個任務，妳就能和其他任務者相互交流。人際關係什麼的……妳懂的。」

「在那之前，是不是怕我們這些菜鳥被教歪了？」因為睡得很好，準人瑞也有心情開玩笑了。

「嗯。新手還是得建立起自己的任務觀……別太容易被左右。」

然後黑貓噎了一下。

看看羅這彪炳的戰績。五個任務直追人五百個任務的個人評價，不知道誰左右誰。

他咳了聲，「嗯，上個任務太辛苦了，所以我幫妳爭取了個度假的機會。」

雖然顏色是淺紅，但危險度依舊是紅色。

「妳以為妳接得到紅色以外的任務嗎？」黑貓無奈，「瞧瞧妳那驚人的個人評價吧。」

「……上次標示的不是超S。」

「我改成符合妳本世界的評價標準。」

個人評價最低是E，最高是S。超S是什麼意思？

但是準人瑞沒有問。她覺得問了黑貓會炸毛。

「仙俠？」問標籤應該比較沒危險。「跟修真有什麼不同？」

「大哉問。」黑貓點點頭，「簡單說就是仙俠整天鬥法殺人，修真沒事殺人奪寶。」

「……」

「放心，這次就是給妳休假用的。讓妳學點修煉法術……將來想裝神棍比較有底氣。一點都不難，也沒什麼生命危險……呃，無雙譜還算是勉強能入眼的初級武學。」

「謝謝。」準人瑞沒好氣。

然後她就對黑貓有點信任危機。

因為第一時間她沒看到黑貓，腎上腺素立刻激增。只來得及熟門熟路的將無雙心法運轉一周天，就看到一個男人帶著皮鞭非常亢奮的走向她。

黑貓我謝謝你全家。

幸好這具身體的條件非常好，雖然力道不夠，但是非常柔韌，反應敏捷。所以她躲開了迎面一鞭，拽住衝過來的男人，然後使巧勁將他掄到牆上。

……居然這樣就昏倒了。好柔弱的暴力男。

她甩了甩有點疼的手腕，將門關好拴上，並且將暴力男捆好塞上嘴，並且為了更保險，將能點的穴都點了。這才開始翻記憶抽屜閱讀資料……

然後她想罵娘，尤其是黑貓他娘。

依舊是架空，比較接近的就是西遊記……妖怪很少的人間。這裡不叫妖怪，叫大仙、仙家，有許多修仙大派都是妖怪開宗立派的，甚至依舊守山門。

但這只是時代背景。

她現在附身的這位名叫琴娘，沒有姓。是個非常妖豔漂亮的女子。據說父母雙亡，到死都不知道是否如此。她從小讓合歡宗收養，培養成一個非常完美的……爐鼎。

然後她悲劇的一生就開始了。

她是個修仙的天才，十四歲就築基。但那沒什麼鳥用，一築基就被賣給一個據說很厲害的金丹大能衝關，大能成功凝元嬰，卻深感被「妖女」羞辱，將根基盡毀的琴娘賣給人牙子，指定要將她賣到青樓。

賣了幾年身，有個精於煉丹的老道對她被採補到傷根基居然沒死很感興趣，將她買來當藥人。亂七八糟吃了幾年丹藥，不知道哪天會被毒死……結果老道跟人鬥法先死了。

莫名獲得自由的琴娘，茫茫然的流浪。不知道是那些亂七八糟的丹藥哪種或哪幾種起作用，她本來被毀的根基居然漸漸痊癒，不但妖豔依舊、青春永駐，而且有絕佳的恢復能力。

她一生自己毀容三次，次次不藥而癒，但是長相太惹禍，她又從來沒有學會怎麼保護自己。最後她蓬首垢面的當乞丐婆，要不是氣運沖天的得到幾個機緣，說不定就一直行乞下去。

因為那些機緣，她終究躲到一個祕境，獨自生活了幾百年，耕靈田、佈靈雨，怡然自得。直到祕境禁制突然崩潰，她才發現外面的世界已經滿目瘡痍。

所有修仙門派分成兩盟相互征戰，最後終於用極大法陣同歸於盡了，世界與之陪葬。倖存人口十不得一。

她在荒蕪中獨行，將幾百年留存下來的種子分送給倖存者，佈靈雨清洗惡法殘存。雖然不是英雄式的救世主，但的確是最苦行的那種。

以上是原版。

改版命書裡她是個只出現幾幕的小炮灰。老道和人鬥法死了以後，獲得自由的琴娘被闐天派少主救了，成為他的侍妾，成了一對虐戀情深的S和M。

結果閬天派少主愛上女主角，琴娘嫉妒陷害女主角，然後被少主發現，被凌虐而死。

呃，結果少主連男配都沒混上，只是個想獨占女主角最後因愛生恨的惡毒反派，最後被男主角們聯手拿下，五馬分屍。

女主角只滴了幾點眼淚，就跟男主角們相親相愛去了。

……NP的世界她真心不懂。準人瑞感慨。還是女主角先追少主的呢，少主做過最惡毒的事情就是凌虐琴娘而死。但是他的死因卻是因為不准女主角和其他男人在一起。

世界真奇妙。

因為準人瑞沒怎麼往那男人臉上招呼，所以還能將少主那美麗的臉龐認出來。

她考慮了片刻，還是將少主吊起來鞭打了一頓，就恩怨兩消了。

現在連女主角在哪都沒瞧見，琴娘還沒陷害，少主也沒殺她。為了還沒發生的命案殺人有點蠢。

不過琴娘不是天生的M，剛被少主調教過一次。所以把他狠揍一頓就算了。

據說少主也是快築基的修仙者。不過好像修仙者也扛不過點穴，真是有點微妙。

大概她在這仙俠世界也能混得很好……吧。

不知道黑貓在哪。

其實她最想做的事情就是將他掄在牆上兔不下來。

有些火氣的準人瑞跟少主先生要了點分手費，他很爽快的給了，還提供了很神奇的儲物袋。

……嗯，任何人的頸動脈擱著一把匕首都會非常爽快。

但是準人瑞沒有一點心理負擔，要知道這傢伙的性癖好有點變態。據她所知，提供特殊性癖好，譬如ＳＭ服務可是相當貴的。

而且琴娘魂魄的狀態雖然不是她所見最差的，也沒好到哪去。適當的補償，應該的。

雖然功力恢復不到林大小姐時代的一成，但是翻個牆遠遁不在話下。

金銀等俗物暫且不論，那個神奇的儲物袋都快讓準人瑞愛上這世界了。

那是一個小荷包，容量估摸卻有一立方公尺。雖然不至於平民到人人都有，但是稍微有點錢的人家都用得起。收物取物都是意念一動就行了，簡直不能更厲害。

照文明程度來看，約莫是四、五世紀的唐朝，卻將約等於二十三世紀的朱訪秋時代打歪。起碼關於空間折疊應用的部分打得非常歪。

瞧瞧人家五世紀的空間折疊法術，再瞧瞧連門都沒摸到邊的二十三世紀空間折疊學。

有的時候真會感覺到科學無用。

不管怎麼說，這只儲物荷包實在是居家旅行必備殺器。她非常順利的離開闐天城，並且向琴娘的第一個機緣邁進。

那個機緣名為壺中天，是個隨身攜帶式的小型洞府……或者稱為小公寓。大約四十坪大，三房兩廳附帶浴室和廚房。它的本體，只有一個白花油瓶子那麼大。

呃，外觀也很像白花油撕掉標籤的樣子。真是意外的巧合。只是三個月後才能遇到它。

在仙俠世界裡，先把科學中關於空間的概念拋掉吧……可能還得拋掉物理學、化學……回頭一看，還真要拋掉很多很多。有什麼辦法，入鄉隨俗吧。

值得欣喜的是，培元丹丹方絕大部分的藥材都有，缺乏的部分也只是名字不相同。

感謝此界發達的煉丹學。

價格很便宜，煉廢了幾鍋就煉成丹液。她並沒有費神凝成藥丸，反正馬上就要吃，何必多此一舉。

順帶一提，此界藥鼎很貴，而且不用炭火。不說根基還沒有痊癒，就算痊癒了，琴娘從來沒學會過用法術點火，所以晶石藥鼎對她一點用都沒有。

是的，培元丹是她用炭爐和炒菜鍋煉成的。

終於敢來找她的黑貓因此差點把下巴砸在地上。

「這有什麼好驚奇？」準人瑞對這些人灌水泥的腦袋很沒辦法，「你知道原本『鼎』是幹什麼用的嗎？不好意思，不是拿來擺好看裝闊。鼎的原始用途就是拿來煮熟食物，後來才開始煮藥。『問鼎中原』？拜託，民以食為天，還有什麼比搶鍋子更能代表爭天下的決心嗎？」

……妳說得好有道理，我竟無言以對。

「我麾下有三分之一的人口是作家。」黑貓不解，「但沒有一個腦洞開得比妳離奇。」

「那是因為他們沒能活到一百歲還寫作七十五年。」我腦袋有黑洞我驕傲。

「…………」

準人瑞將手放在腰後，眼睛危險的瞇細，「度假任務，吭？」

黑貓迅速飛機耳，並且退得老遠，「對別人有問題但對妳一點問題都沒有她的問題妳完全能用拳頭轟開！」

「在仙俠世界拳頭能管屁用？」準人瑞慢慢逼近，黑貓緩緩後退，「而且你看這張臉！」

「非常嬌豔美麗身材穠纖合度比例非常完美妳還要求什麼……不！這不合理！」黑貓慘呼。明明他已經非常機警，卻還是被迅雷不及掩耳的掐住後頸拎起來。

美得像狐狸精。她已經盡力演繹冰山了，屁用也沒有。她終於明白琴娘的痛苦，難怪她會自己毀容。武力不足還美到能夠幹翻所有修仙者女性，簡直是無比災難。

即使是準人瑞，也不喜歡出門就得跟人打架。男的來調戲，女的來罵狐狸精，兩者都讓她憤怒，同時超級不耐煩。

她不得不給自己縫了套中東婦女裝，然後偽稱自己來自遙遠的東方群島，正在維護家鄉傳統。

那很熱，並且被問得很煩。

還有一些眼睛控看到琴娘的眼睛同樣發情，她受不了這個莫名其妙的世界。

「呃，其實我們從來沒有要求執行者守貞。」黑貓嚥下一口口水，「我們的貞操觀比較類似……美國？」

「誰管你們的貞操觀像美國還是阿拉伯啊?!」準人瑞晃了晃他，「我活到一百歲，五個任務加一加也是快兩百了！我哪根筋不對跟可以當我灰孫子的人滾床單？我的心理變態不是戀童癖這部分好嗎？我早超脫俗惡的性欲了！」

雖然不覺得這是問題，但黑貓還是好奇了，「真的？」

「……其實我只是覺得脫衣服之後爽沒幾分鐘，後續一切處理都很麻煩。最後除了洗澡，此外一切脫衣服都感到麻煩。而且我是什麼地方有毛病，用別人的身體跟人爽？萬一懷孕怎麼辦？算原主的還是算我的？這是很嚴肅的生命問題！」

沒想到妳的道德標準意外的高，但是黑貓很聰明的沒說出來。「是是是，妳說的完全沒錯。可不可以，把我放下來？拜託。」

準人瑞深吸了一口氣。每次打不過就裝靴貓，太犯規了。

「我好幾次差點被少主的人抓到。」放下他以後準人瑞抱怨，「我還沒把無雙譜練到頂。可練到頂又怎麼樣？那變態快築基了！到時候我能拿他怎麼樣？」

黑貓滿眼奇怪的看她，「無雙譜是滿普的，但是無雙譜到林玉芝的程度，跟築基期方士就頗有一戰的能力。而且不久後琴娘的根基會回來，只要有氣感，剛練氣期就能打築基方士跟打小孩一樣。」

「哈？」準人瑞呆了。

「喔，對，妳沒有仙俠世界的經驗。」黑貓跩了，「嘿，妳看看妳，一點都不相信我！我說是度假就是度假，難道我還會騙妳嗎？」

度假任務難道張開眼睛不久，就會有個提鞭子的男人衝過來嗎？這度假真特殊！

「你這是狡辯。」準人瑞沒好氣，「不過你的確費心了，謝謝。」

……太有禮貌的羅讓人起雞皮疙瘩。

「我只是，只是來看妳好不好。」黑貓無言的看了看煉出丹液的炒菜鍋，「我想我是多慮了。有幾個菜鳥連新手任務都快失敗，我相信他們死了順便連智商一起死亡。妳自己可以嗎？」

「只要能用拳頭劈開一切，我就是無敵的。」準人瑞淡淡的說。

事實上妳是用暴力將一切掄牆，有牆妳就是無敵的。但是黑貓很有智慧的將吐槽吞下去。

除了太暴力和生長太多加分題以外，羅是最完美的新手。

他意味深長的說，「妳會愛死這個世界的。」然後就消失了。

直到壺中天出現那天，準人瑞覺得黑貓又騙她了。

她是準確的從小地攤買到那個髒兮兮的琉璃小瓶……比女主角劉愁魂早一步。

然後她做了最做死的一件事：她和女主角搶寶了。

許許多多的小說告訴我們，這會導致路人變炮灰，並且死得很難看。

準人瑞深表憂傷。

其實，她一直想知道，女主角她爸媽到底有多討厭她，居然會取這樣的名字。

又愁又魂，我給小孩取名都沒敢這麼另類。

劉愁魂睜著小鹿似的大眼睛，一臉無辜的哀求，「姊姊，這位姊姊，我很喜歡那個水晶瓶，讓給我吧……我給妳兩倍價錢！」

……我沒有妹妹。而且當女主角的姊姊下場通常不太好。

「我也很喜歡。所以，不。」凖人瑞斷然拒絕，想走開卻被女主角抱住胳臂猛搖。

「嗯～不要降子嘛，我真的好喜歡～求求妳姊姊～五倍！五倍價格！」

……小地攤只賣我一兩銀子。不要用幾倍幾倍來顯得很多好嗎？還有撒嬌對我沒用，反而有反效果。

「不。」凖人瑞掰開她的手。明明掰的是手，劉愁魂卻摔了腿，順手把凖人瑞的長面紗拉下來。

女主角尖叫一聲，楚楚可憐的倒在地上啜泣，半個市場的注意力都被拉過來了，好像不管哪個世界的人都愛看熱鬧。

一個面容英俊酷帥的男子擠過來，扶起柔弱無骨的劉愁魂，「愁愁！怎麼了？是誰傷了妳？」

「大師兄！」劉愁魂瑟瑟發抖，「沒，沒有誰。是我不好，我不該惹這個漂亮姊姊生氣……她沒有推我，也沒有搶我水晶瓶……喜歡給她就是了……」

大師兄滿臉憐愛，「愁愁，妳就是太善良了。」

……好一朵美麗的白蓮花，好一朵美麗的白蓮花。不但告狀還歪曲事實。

準人瑞把氣忍著，轉身想離開，偏偏裡三層、外三層被圍起來看熱鬧。

「敢傷了小師妹……」大師凶暴喝道，「納命來！」

其實一照面準人瑞就做過戰力評估。劉愁魂和她家大師兄應該都是剛築基不久，易經洗髓過，所以皮膚嫩得像是剝殼雞蛋，但還放不出神識探查。

準人瑞也不差，琴娘的體質上佳，根基痊癒了十來天，剛步入練氣期。琴娘被合歡宗養著，自然會學些筋骨柔軟的功夫，之後被賣到青樓也是舞姬，柔韌適合練武。再加上用培元丹液當水喝，灌了兩個月也不是白灌的。

別忘了，準人瑞內建金手指「健康」。所以她皮膚好到有欺騙性，很難看出她真正的修為。

天賦異稟，再加上熟門熟路，此時她功力超常發揮，約有林大小姐的120％。

有沒有一戰之力，還真要打過才知道。

所以大師兄一叫陣，她立刻拔劍飛身而上，劍都奔門面去了，大師兄的法寶鈴鐺才剛祭起。

準人瑞微微詫異，手還是沒停，直接砍飛了鈴鐺法寶，將大師兄後面的一堵牆炸穿了一個小洞，準人瑞的劍差點脫手，法寶真是威力十足。

卻不知道大師兄心裡才是真正翻起驚濤駭浪。雖然他剛從師父那兒得到這個紫氣鈴，契合得不太好，但到底是法寶。心念一動就有無窮變化。

但是這個妖豔女人太快了。用一把凡鐵就將法寶擊飛?!這是什麼巫術?!

對了幾招，準人瑞稍微有點底了。這位可能是男三還是男四的大師兄……別傻了，大師兄永遠是深情守候、最不起眼的男三或男四，這就是大師兄的宿命。

咳，是說，大師兄的武藝很稀鬆，但是築基方士的確堪比內功深厚的老妖怪，體表有真氣護體，想破防都不容易。

只能發揮無雙劍法中輕靈快狠的部分，打得他沒時間用法寶。最悶的就是，同樣都用凡劍，而且大師兄的劍法有夠差勁，但是兩劍相擊，吃虧的都是準人瑞的劍，以至於一直都在下風。

原本擔心滿身是寶的女主角會幫著用法寶砸死她，結果女主角不愧是女主角，她站在一旁哭得梨花帶淚，不斷嚷著，「不要打了，不要打了！大師兄，搶了就搶了，就給姊姊吧～」

「原來我花錢買東西叫做搶。」準人瑞冷笑一聲，直接將女主角劃入腦傷的行列，專心對付大師兄了。

在一串險象環生的試探後，準人瑞確定了。大師兄將整把劍都裹上真氣，像是把武器當作肢體延伸，一起真氣護體了。

真令人羨慕嫉妒恨。築基後就能這麼浪費真氣了。她現在的真氣超縹緲的，真真氣如遊絲。

但是俗話有云：好鋼要用在刀口上。

那怕真氣如遊絲，但是在劍刃延伸一層鋒利真氣，應該還是夠用吧。

很快的就證實了她的實驗，準人瑞一劍揮斷了大師兄的劍。

「賤婢！敢傷我徒兒！」一個仙風道骨的老帥哥跳出來，一鐵鞭就打過來。

……打了小的（？），打出大的，打了大的，跳出老的。

跟女主角起衝突就是做死。

女主角站太遠，不還有大師兄嗎？拎著大師兄一把掄過去擋了鐵鞭，趁混亂踩了幾個人的腦袋，飛身跑了。

白挨一鐵鞭的大師兄和不講理師父追過轉角，人就不見了。氣得召集門派弟子，大搜而特搜，連根頭毛都沒找著。

那當然沒找著。

將白花油瓶子塞在牆縫裡，準人瑞毅然決然立刻進了壺中天，別看壺中天像個白花油瓶子，人家是正港法寶，主人進了壺中天就會自動隱身。

女主角師徒在外面找人找到大粒汗小粒汗，準人瑞閒坐吃葡萄。

唔，準人瑞覺得，她開始有點喜歡這個世界了。

吃完了葡萄，準人瑞洗了手，盤起腿深思。

她在五個世界都練武不輟，其實對內功已經揣摩到一定程度。內功聽起來很玄，原理也有點玄，但沒玄到不能理解。

假設人體是個火力發電廠。就像我們熟知的火力發電廠，其實效率都不怎麼好，能夠轉換的電能只有33％到50％。當中會產生許多廢熱、廢水、二氧化碳等等廢物，許多能源事實上在轉換過程中浪費掉了。

但是人體火力發電廠卻很神祕。當中有許多管線設備非常複雜，人類能使用的部分非常稀少，並且效率就跟普通火力發電廠一樣糟糕。

內功心法就是將胡亂浪費並且紊亂的能源設法歸整起來，通過特殊呼吸法（吐納）、運動（練武），強化並且開啟原本被封鎖的設備和管線，達到能源轉換最優化。

無疑的，無雙譜就是目前她所見最強最平衡的武功祕笈。

這就是為什麼她換了身體，內功心法只要能行滿一周天，就幾乎沒什麼障礙的行使她的霸（暴）權（力）之路。

因為她太熟悉了。只要原主沒有先天疾病，並且四肢健全，其實每個人都有潛能，而且只使用極少的那部分。

她只是掌握了開啟潛能的鑰匙。而且還能將潛能一步步的提高而已。

來到這個仙俠世界，她大開眼界。這是一個另類的、文化昌明的世界。或許文明的發展不是只有科學一途而已。

在這個世界修仙法門並不是祕密，路邊攤就有賣修仙入門的書，是大路貨沒錯，但是理論非常明確。大部分的平民也能練到練氣期，因此壽命更長，更健康。

當然，最頂尖的修仙祕笈掌握在極少數人手裡。但是科學難道不也如此嗎？

讓她更感興趣的是，她掌握了武功。內力充沛在經脈之中，重點在循環而生生不息，以此潤養肉體，豐盈血脈，所以氣血完足。並且加上合宜的鍛鍊，必須內外兼修。

但是修仙理論就更巧妙了。不只是將人體當作火力發電廠，而是多功能發電廠，引入的是天地靈氣，並且留存儲電（氣海）。

所以人體的祕密她還是知道得太少。頭回內視到氣海，她只能發出「哇嗚」這樣的感嘆聲。

讓她比較不解的是，她居然分不出內力和真氣的差別。原本怕無雙心法和琴娘練的太陰綱要（修仙入門，路邊攤有賣）會起衝突，結果一點事兒也沒有。

配合起來練事半功倍，拓展經脈、累積氣海，啥都不耽誤。

……難怪黑貓會說，她會愛死這個世界。

她在壺中天待了五天……倒不是她耐不住寂寞，而是壺中天有時間限制。一個月只能待十天。時數可以累積，比方說一天只待幾個時辰，累積一個月還是只有十天一百二十個時辰。

逢朔日歸零計算。

至於為什麼，她就不曉得了。就好像她也不知道手錶是怎麼運作的。

這個白花油瓶子……她是說，壺中天居然也是個儲物裝備，多功能法寶，實在不錯。

準人瑞之所以敢大剌剌的出來，就是賭女主角很忙，沒有時間跟個路人炮灰耗時間。

畢竟天下還有那麼多寶物和奇遇在等著她，還有那麼多俊男美人等她去征服。

準人瑞幾乎可以確定，那個女主角是個野生的穿越者。會說降子、釀子裝可愛的，怕只有現代的小女生吧。她推測，大概有野生重生者或穿越者的任務通常都會是紅色的。

沒辦法，屬於琴娘的改編檔案只有很少的一部分，能夠知曉的情報很有限，畢竟她只是個小炮灰，能把女主角和幾個重要男主角名字搞清楚就已經太好了。

反正以後不會再見面了。

準人瑞沒有什麼反女主情結……雖然劉愁魂既瑪麗蘇又白蓮花。但就像男人會想把天下所有美女都收入後宮，女人想收盡天下美男也不是什麼太奇怪的事兒。

她對女主最大的意見就是智商偏低到有腦傷嫌疑。

不過準人瑞只仇男，對女性稍有智能障礙傾向總是會抱著人文關懷。

妳收妳的美男，我找琴娘的機緣，井水不犯河水，一切都很好。

但準人瑞猜測，應該是淹大水了。井水不想犯河水，可是河水淹進井裡了。

她千辛萬苦的破了一個無主洞府，剛剛把機緣之二的「行雨真解」拿到手，女主也到了。

「那是我的！」劉愁魂滿眼盈盈淚水，「是我先看上的，妳這小偷！」

準人瑞對命運安排只能無言以對，然後豎起一根中指。

沉默了一會兒，準人瑞將行雨真解收起來。「……所以妳穿越前幾歲？肯定還相當年輕吧？」

劉愁魂的眼睛張大，轉瞬間湧起無窮殺意。她立刻揚手，一道劍影如電飛出……到一半，就失去操控消散於無形。

準人瑞的點穴還是早了一步。她立刻往前癱倒，要不是準人瑞護著她的頭，保證女主角的腦袋要開瓢了。

「妳對我做了什麼？妳這賤貨！……」

準人瑞立刻在她後背按了幾下，「妳想癱瘓嗎？唔，現在已經感覺不到妳的腿了吧？嘴巴乾淨點，我可不是妳媽。」

驚恐的劉愁魂只敢拚命喘息。「……妳為什麼要這麼做？為什麼要傷害我？」

「小姐，妳差點用符寶……那是符寶對吧？差點用那玩意兒讓我腦袋搬家。」

「可妳不是沒事嗎？」她美麗的眼睛開始飆淚，「妳敢對我怎麼樣，師父和大師兄不會放過妳的！」

準人瑞無言片刻，「妳一定是獨生女。我是說妳穿越前。只有無法無天的獨生子女才會有這麼強盜的邏輯。」

劉愁魂停止啜泣，「妳、妳也是……對吧?!」

「不對。」準人瑞挑了挑眉，「我可是，『仙家』。」

「妳到底是誰?!」劉愁魂快崩潰了。

「不知道我是誰?」準人瑞笑了，笑得很危險，「妳不知道我是誰，我就安心了。」

在準人瑞「溫柔」的逼供後，缺乏骨氣的劉小姐幾乎是有問必答，準人瑞大人卻沒感覺好多少。

劉小姐穿越前只有十六歲。一個……高二學生。

熱衷於在網路看小說，打賞出去的金額可以買部豪車。人生最大的願望就是能穿越，她也終於如願以償……睡了一覺就穿到她臨睡前看的仙俠小說。

不幸的是，她沒穿到仙俠小說裡的女主角身上，而是劉愁魂這個女配。

幸運的是，整部小說她都瞭若指掌，記得清清楚楚的。

簡單說，這就是一部「女配逆襲記」。雖然只知道開頭，準人瑞都能幫她續完情節直到結尾了。穿越後的劉愁魂即將過著靠先知收穫所有寶物走上人生巔峰迎娶天下所有高富帥的美好人生……順便把心機婊女主角踩上一萬腳。

問題是，那個心機婊女主角也不是琴娘。而是劉愁魂高貴冷豔，內心黑暗冷漠毫無人性的師姐范孤煙。

……是說妳們心機婊大戰白蓮花關琴娘什麼事兒了？

但是面對一個高中生，準人瑞連揍她都沒有勁兒。

「……妳到底要行雨真解幹什麼？」準人瑞疲倦的抹抹臉，「值得妳孤身犯險？妳家大師兄呢？」

「葉飛需要！他五行法術只缺行雨真解了！」劉愁魂淚眼汪汪的哀求，「葉飛真的很努力，很堅毅，他、他只是缺一點機緣……他可以修仙的，可以！只需要用五行奪靈術……」

葉飛又是什麼鬼？五行奪靈術又是什麼鬼？聽起來不是很和平的法術吧？努力翻記憶抽屜，只翻到一點點資料。跟琴娘打過一次照面。

是不是努力還是堅毅不曉得，倒是長得滿……漂亮的。跟琴娘的絕世美貌不相上下……的男人，還特別喜歡穿紅衣。

好吧，青少年的審美觀準人瑞真心不懂。她就從來沒喜歡過傑尼斯。

「再過一個時辰穴道就自動解了。」準人瑞站起來，「後會無期。」

「姊姊妳這麼善良、這麼美好，一定能明白我們的愛情吧？求求妳把行雨真解讓給我！妳已經這麼厲害了那對妳沒用，可是葉飛真的需要啊！我愛他，我真的希望成就他……」

可憐的大師兄，果然是男三或男四的命。

她走了兩步，又停下來。「我只是好奇，妳要壺中天做什麼？」

劉愁魂安靜了一會兒，臉頰紅了起來，「醉柏師叔的陣法需要壺中天當陣眼……」

翻揀記憶抽屜資料，準人瑞扶額。這也是男主角之一，男神似的醉柏真人，禁欲系的謫仙。

好吧，青少年的愛情觀她更不懂。或許劉愁魂不是瑪麗蘇？她只是勇於追求愛情（多線），並且氣運沖天的中二。

她真心不想把人性估計得那麼壞……但準人瑞總覺得這孩子額頭貼著「寶多人傻速來」的標籤。

原本不想管她，但是準人瑞還是想勸她一句，比方說用錢或寶物買的叫做交易不是愛情什麼的……

結果她轉身，剛好看到掙脫點穴的劉愁魂滿臉猙獰的祭起一個玲瓏寶塔。

準人瑞險而又險的躲過，結果玲瓏寶塔正好擊中無主洞府的支柱，明顯是支撐整個結構體滿重要的部分。

整個洞府都塌了。

幸運的是，洞府下面是個地下伏流，準人瑞掉進水裡而不是直接被石壁砸死。

不幸的是，她腦袋還是挨了一下，落水時是昏迷狀態。

果然遇到女主就沒好事。這定律實在太鐵。

好消息是，準人瑞沒淹死，平安獲救。

壞消息是，她斷了一條腿……只剩一點皮黏著。山村的大夫滿眼同情的告訴她，這麼重的傷起碼要躺三個月才能把腿骨長好。

答。

看著蹲在枕邊一臉關切的黑貓，「……這任務沒有生命危險？」

「真沒有。妳的生命訊號甚至沒有轉橘色，只是轉黃色而已。」黑貓小心翼翼的回

「我運氣好，被滿是高人的山村居民救了？」準人瑞還有點困惑。

「不，他們只是最普通的山村。大夫醫術甚至不太好。」黑貓笑了一下，「所以才說妳會愛死這個世界呀。這是個很成熟的小千世界，能熬過這次壞空後，說不定有機會蛻變成中千世界。」

其實準人瑞早就有點感覺，卻沒想到真是如此。

這個小千世界的人身體發展得很完美，大部分都能修仙，但是生育率卻讓人意外的低。每個女人一生幾乎只有兩個孩子，人口成長很緩慢。

廣大的土地，豐富的資源，應用在生活裡的低階法術……足以餵養合理的人口數。

連本世界在內，這大約是她所見平民生活最輕鬆自在的世界。

當然，沒有比較，所以還是會覺得生活有種種不如意，也會有琴娘這樣不幸的人。

他們也並不知道，比起其他世界脆弱的人類，他們能夠肢體再續有多強悍。

他們早已習以為常。

「所以我不砍掉任何人的腦袋，就能愉快行使暴力不怕被天道毀滅？」準人瑞微微沁起一絲笑意。

「妳不能故意在他們的要害戳幾個洞。」黑貓凝重的警告，「尤其是心臟。」

準人瑞罕見的、真正的笑出聲音。

黑貓憂慮起來。在高強壓力下，執行者未必會出現心理病徵，可有些時候，壓力減弱，反而所有緊緊壓住的心理疾病會一口氣爆發。

畢竟會嚴重到必須由執行者來代班的人生，通常不會很愉快。不斷更換人生的壓力，也不是平常人能夠想像一二的。

「羅，我們還是來談談人生吧。」黑貓有點懊悔，對羅的關心似乎很不夠。他也犯了所有父母和上司都容易犯的毛病：對於懂事的孩子太漠不關心。

「……我只是笑了。並沒有做什麼出格的事吧？」準人瑞不解了，「我甚至沒有發脾氣。」

「其實妳可以發脾氣。妳看，在這世界就算是女主角，妳也能打斷她一兩根肋骨……天道不會怎麼樣。」

「拜託，她只有十六歲。還沒有成年，好嗎？誰十六歲的時候不是滿滿的黑歷史？我十六歲的時候同時喜歡四個偶像歌星，每一個都是真愛。我愛他們愛得發狂，最嚴重的時候，我聽到他們唱歌就會高潮。」

黑貓嗆咳了。

不是要談人生嗎？來談吧。準人瑞一臉平靜的心電感應，「就是你想的那個意思。我比一般女人的性欲還強烈許多。不然你以為憑什麼能支撐我寫了七十五年的小說？」

她無意讓太年輕的黑貓上司困窘而死，所以還是轉移了話題，「我實在找不到幾個人十六歲時沒發過蠢。只是條件都不足夠而已。劉小姐只是在愚蠢的十六歲時因為穿越得到了家世、門派、財富、美貌……和很多很多的運氣。」

「她大腦搞不好還沒發育完全呢，卻得到巨大的力量和驚天的氣運，有能力得到所有的男神，而男神也有回應。所以她有點昏頭了。」

「我得誠實告訴你，這是所有女孩的夢想。相信也是那個書寫命書的創作者夢想。或許白痴、愚蠢、蠻橫、不講理，希望是許多帥哥的最愛，被高潮淹沒到想吐。」

「為什麼最後我們會討厭白蓮花？很簡單，因為沒有誰會永遠十六歲。每個女孩都會長大，會思考，大腦終究會發育完全。我們討厭那些無腦女主角像是討厭以前那個滿滿黑歷史、十六歲時的自己。」

黑貓被她坦然的「談人生」打擊得目瞪口呆。事實上他還是滿純情的年輕人。

「……原來妳真的只是仇男。」

「是呀。」準人瑞爽快回答，「我有青少年保護條款……僅限女性。男性青少年有多少心理創傷關我屁事，我絕對不會感同身受。」

「放心吧，劉小姐受條款保護也僅限於成年前。二十歲之後再惹我，絕對讓她黏在牆上兔不下來。」

黑貓有些狼狽的告退。準人瑞拚命忍住才沒笑出來。

救了準人瑞的是山村的老村長，此村名為仙峰。據說是因為村後的大山有仙人所以命名之。

有沒有仙人倒是不曉得，山裡的野獸倒是分外凶猛。頭回看到跟大象一樣大的豹子，準人瑞都無言了。

據說這隻豹子還沒成年。

所以仙峰村並不以狩獵為生，主要還是開梯田耕種靈穀和藥材。也紡紗織布，只是這個世界似乎沒有蠶，他們養的是蜘蛛，紡的是蜘蛛絲。

幸好準人瑞一直喜歡節肢動物。其實他們養的月蛛蜘蛛腳修長（沒有毛），看起來特別纖巧柔美。可惜是人家重要的資產，她不好意思討一隻來養。

仙峰村非常美。濃郁的靈氣縹緲，翠綠的梯田在白霧中若隱若現。大部分的人都是練氣期，所以常看到人持印翻土，用法術灑水。

但同樣是很累的。速度差不多就是機械農耕那般。而且使力過甚，機械農耕頂多就是機器故障，這兒卻有可能吐血或生病。

談不上優劣，只能說文明發展的道路大不相同罷了。

準人瑞頗感興趣的研究過他們的雨訣和行雨真解的差異。雨訣說白了就是把水從甲地移到乙地而已。到水源處施訣壓縮到某個暫借空間，然後到了梯田解壓縮均勻的撒在田地。這是應用該世界非常嫻熟的空間法術。

行雨真解就是更高級的法術了。這是飛快濃縮空氣中水分子成雲然後下雨的過程，剛開始練時能凝聚出來的雨雲只有A4紙那麼大，雨絲也很稀疏。但是靈氣異常濃郁，拿來澆沙地隔天都會冒青。

太有趣了。

她很感激仙峰村村長的救命之恩，也承認很喜歡仙峰村的靜謐。但是她不會因此就認為整村都是好人。

但是她在這裡領悟到一個真理。

美麗固然不是正義，但也不是錯誤。長了一張絕世妖姬的臉孔，最適合的存世方式不是用面紗遮起來，而是擁有超越美貌的絕對實力。

當她撐著拐，面不改色的用劍幫村長拆了一棟廢屋，不管是村長兒子，還是村裡最有錢有勢的李大少，突然不再注意琴娘的容貌了。

自從她一劍碎了說她是狐狸精的王大嬸家大門，雙倍賠償後，村裡女人也對容貌這話題全啞了。

有恩報恩，所以她將把真氣凝在刃上這招教授給村民，救命之恩金銀不夠份量，光這招也夠他們整村受用無窮了。

村長本來不敢收，她再三說明是自創不是出自任何門派才收了。

但村長會這麼含蓄，也是誤以為她是劍修。

這個誤解很有趣，因為準人瑞為仙峰村打過一次擂台。

準人瑞剛把腿傷養好不久，和村裡人關係稍微有點緊張的時候，仙峰村出了件大事。

附近有個小門派明山宗想要仙峰村的一塊地，不巧那是仙峰村祖墳所在。

這能不炸鍋嗎？當然不能。

明山宗故做大方，說，擂台決勝負，明山宗贏了得地，仙峰村贏了，這事就算了。

正愁不知道怎麼還救命之恩的準人瑞笑了，「這是得先緩緩。不如我先去圈了明山宗的山門，我贏了明山宗立刻拆山門，我輸了就當沒這回事兒。」

明山宗管事本來要發怒，結果看到琴娘的妖豔容顏，魂都飛了，嘻皮笑臉的調戲，「小娘子能勝我一場，明山宗繞著仙峰村走，如何？可小娘子輸了可得跟哥哥走……跟哥哥走有肉吃。」他同門一起猥褻的笑了起來。

「此事得有個彩頭，再立個生死狀。再者這位……做得了主麼？」準人瑞笑了一笑，那笑容可是非常危險。

逢此大難，把腿養好，準人瑞也築基了。她正閒得骨頭發癢，好歹仙峰村的人救了她，又不好意思揍誰。

一無所知的明山宗門人起鬨的把生死狀簽了，押了不少好東西。打賭那管事格外大方，整個儲物袋都解下來了。

其實也不算太糟。這六個雖說築基，可憐都是遠程法師。法師遇到會衝鋒的戰士兼刺客，人生簡直不能更慘。

準人瑞戳了前兩個就不忍心的將劍回鞘，拎著翻白眼的管事砸同門。打完她還呆了一會兒，心裡很感慨。

滿身是寶也得發動快啊！發動不快就算了，那準頭……打個比方說吧，這世界的法術或法寶大半都是指向技不是指定技。想要指定技據說得金丹以上……金丹的還很稀少，元嬰才會多起來。

那麼是不是該把指向技練準一點，最少學會預判吧？難道人家都站著不動跟你法寶或法術對轟？

後來明山宗態度客氣起來，旁敲側擊想知道準人瑞的名字和師門，她只是莫測高深的笑著，將那堆賭注退回去。「不過是玩笑，道友間切磋。村長於我有恩，說來跟貴宗不過是誤會。您看這……」

「誤會，當然是誤會。」明山宗卻更忌憚，說什麼都不肯收回賭注。

結果老村長更客氣得沒邊，絕口不提救命之恩，只小心的套話，想知道她是不是劍修，能不能給村裡的孩子提點一二。

比提點還好百倍，準人瑞傳授了「真刃法」。這造成了越級打怪……打架的可能。最少練氣期打築基期，破防不再是不可能的事。

這時候，準人瑞還不知道她的無心之舉造成什麼樣的危害。她只知道打完這次擂台，突然跟村人的關係再也不緊張了。

不，他們壓根就不承認和劍修大人關係緊張過。

特別在離村子不遠的地方幫她蓋了小樓，供吃供喝，想盡辦法把孩子塞進來學點本事。

準人瑞感慨，果然只有絕對的實力才有絕對的說話權。

黑貓再次來訪時，對著準人瑞啞口無言。

「女主角已經養到靈獸蛟龍，妳居然在養蜘蛛。」黑貓扶額，「普通蜘蛛……不，牠的蛛絲甚至不會黏！一隻家養蜘蛛！除了代替別針，這有什麼用？」

「牠吃得很少，個性溫順。最重要的，牠是女士。我不想養公的蛟龍，據說龍性本淫。」準人瑞眼睛盯著書，漫不經心的回答，輕撫著咬著披風代替別針的銀色蜘蛛。

仙俠小說的女主角標配一定要個不是人類的酷帥男N號，就像後宮小說的男主角一定要有個不是人類的蘿莉。這是必定的套路，一點都不出人意料之外。

坦白說，準人瑞超討厭這個套路。想跟自己的寵物、神器或法寶這樣又那樣……這完全突破變態的界限好嗎？

她愛自己的小蜘蛛，跟愛前世的寵物蛇一樣。就算把她的腦子打成果醬，她也不會想跟自己的寵物上床。

這不道德。對自己的小寵物太不公平。

黑貓聽懂了所以啞然，女主的節操這問題……實在是有很大問題。他也有點擔心那條龍。「現在還沒有。」

「所以將來呢？」

黑貓沉默了。

年輕人就是年輕人，這麼容易困窘。「現在女主角在幹嘛？預備出發來奪寶了嗎？」

「呃，她沒空。」黑貓很高興話題已轉換，「現在她跟她師姐明爭暗鬥已經白熱化了，大概有幾十年得耗在煥日宗……她師門裡頭。爭奪資源、爭奪傳承、爭奪男人之類……應該跟妳的路線沒有交集。」

這是好消息。「……我不懂。天道似乎對野生的重生者或穿越者沒有好感，為什麼不會想要處理她？」

黑貓無辜的張大眼睛，「處理她？她有什麼處理的價值？是，她霸占了許多不屬於她的機緣，一大堆金手指擱在倉庫裡生灰塵，得來的上古祕傳也扔著從來沒練過。但又怎麼了？她心裡除了愛情也沒有別的了。」

「這麼說妳可能會有點傷心，她試圖傷害的只有妳，而且是羅，不是琴娘。這樣的人於天道無益，可也無損啊。天道根本不在意她。」

準人瑞愣了愣，點了點頭，「是呀。她對我有天生的敵意。女主角大人大概以為我也是穿越者，她害怕自己被揭穿了。」

她想笑。又是一個以為穿越身分被識破就會被燒死的可憐傢伙。

準人瑞很乾脆的將女主角拋諸腦後，「震雷巽風，其五行皆屬木對吧？」

「對。」黑貓不假思索，「……等等，我不能教妳任何東西！妳想要必須用積分兌換祕笈，然後自己感悟！」

「我沒有要你教。」準人瑞的表情比他更無辜，「我只要你回答是或不是。我們只是在聊天。」

黑貓迅速隱身，來不及脫離就被揪住了貓尾巴。

「這不可能！」瞳孔放大的黑貓咆哮，全身的毛都驚懼的豎起來了。

「別這樣。」準人瑞笑得很和藹……和藹的很危險。「阿黑，咱們來談談人生。」

「混帳！本座其名為『玄』！不可言說，不可意會，無上奧妙謂之玄！懂不懂啊……放開我的尾巴！」

還沒逼供呢，您將自己老底都倒光了，這樣好嗎？

「好的。」準人瑞從善如流，放開了黑貓的尾巴……然後掐住他的後頸。「或許您比較習慣這樣？玄尊者？」

黑貓眼眶瞬間溼潤了。「……羅，妳太過分了。」

「是呀，我深表歉意。」準人瑞爽快的將黑貓鬆開，「玄，以後你叫我做什麼任務我都會照做。只要你現在跟我聊聊天。滿足我……對於陣法的渴望吧。」

這是在戰利品的小角落找到的，一份殘破的陣法實作。她能看得懂是以五行八卦為基礎的陣法學，但是準人瑞只在取材時大概的瀏覽了五行八卦，易經她都沒背全。

流浪這段時間她知道，陣法這玩意兒沒處學習，想學得先去某大門派當個幾百年的內門子弟，上查祖宗三代家世清白、人品貴重才能得傳，保密的程度大約是國家機密×10。

她唯一能詢問的只有無所不知的黑貓大人。

但是知識面學究天人（？）的黑貓，情感面卻被準人瑞耍得夠嗆。他有些不知所措，最終還是謹慎的說，「只回答是和不是。」然後壓低聲音，「妳發誓絕對不告訴任何人。」

「我發誓。」準人瑞歡快的回答。

有獨占黑貓百科全書的機會，誰會想告訴別人？她是無情殘酷、無理取鬧，為取材不擇手段，自私的老作家。

保護資料來源是應有之義。為此她還特別把沉眠中的琴娘魂魄再加一層封印。陣法比她想像的還有趣。甚至你可以想像成是電腦程式……原理差不多。當可以理解之後，就像是內力和真氣般，一切困難就可以迎刃而解。

程式需要電腦來執行，所以陣法也需要載體執行。陣圖、陣盤、陣旗、依山水天地佈置……其實都是載體的一種。

她離開仙峰村，跋涉千里找到第三個機緣。那是一截據說是開天闢地的第一根荊棘。

實驗了幾次，連真氣護體也沒用，被這不馴的荊棘刺得鮮血淋漓。

但終歸是煉化成功了。

雖然有點蠢，但幸好這個世界沒有人知道《幽遊白書》，更不知道誰是妖狐藏馬。

所以煉化成陣體的荊棘演化出一個迷你、攻防合一的小陣，跟她言歸於好的黑貓一無所覺的說，「不錯。取名字了嗎？」

「……風華圓舞曲。」

黑貓沒有笑，準人瑞卻笑了。

其實準人瑞掌握得更好的是第二變的「雷華圓舞曲」。真正將風華圓舞曲掌握得出神入化的是原主琴娘。

這應該是個性契合的關係。準人瑞的個性基底是狂暴，琴娘的個性基底應該是對自由有無比嚮往。

是的，一直都異常緘默的琴娘終於有動靜了。讓她有反應的是，準人瑞演示了風華圓舞曲。

準人瑞沒有揪著她談什麼心，而是明快果斷的將身體讓出來。琴娘重新掌握身體後，茫然片刻，笨拙的試圖驅使荊棘演示風華圓舞曲，失敗了幾十次，終於成功了。

過程中耐心十足，一點點都沒有被打擊到。只有成功的時候，露出一個蒼白的笑容。

然後因為魂魄尚未涵養完全，再次陷入昏睡狀態，直到三天後才再次醒來。

「……我看見妳。」她輕悄模糊的聲音在心底響起，「謝謝。」

琴娘說得沒頭沒尾，準人瑞卻完全明白了。「不須謝。我本來就是為妳而來，等妳好了，就能重歸身體。妳會回到人生的正軌。」

琴娘安靜了好一會兒，「我的正軌，是什麼？」

準人瑞詫異，「這該由妳來決定。這是妳的人生。」

這次琴娘安靜了一個多月。準人瑞並沒有在意，魂魄不全，連說話都費勁兒。能和她聊天的原主是很少的……趨近於痊癒前很少。

其實她滿喜歡琴娘。琴娘的人生不管原版還是改版，其實只能用一個字形容，那就是「慘」。分別只有原版淒慘，改版是非常淒慘。

雖然說，改版中她因為嫉妒陷害女主角……但究其實還真說不上什麼陷害。她不過是發現劉愁魂被靈寵蛟龍少年壁咚親吻，以為揭穿後能讓少主發現劉愁魂的真面目罷了。

誰知道這樣會導致她的慘死。炮灰就是沒人權。

但是準人瑞喜歡她心性的複雜和單純。

幾乎沒有受過正常的教育，也沒有任何人關愛她。世間對她來說就是永無止境的荊棘之境，充滿惡意的垂涎和輕蔑。

她軟弱得只會拚命逃避，卻也堅強得自毀禍源般的美貌……如此三次。

對人類是那樣的害怕，戰慄的躲在祕境幾百年，只有獨處才能讓她心靈平靜。但又是那樣心軟，人類幾乎滅亡的時刻，明明獨自也能存活得很好，她還是踽踽獨行在荒野之上，默默的救助她害怕的人類。

準人瑞甚至不敢施加憐憫。對於這樣的人，只能尊敬她。

或許有人會說，聖母令人唾棄，瞧不起聖母。準人瑞只能說，呵呵。

很多人搞不清楚爛好人和偽善的定義，然後就獨斷的和聖母劃上等號了。沒事，總不能人人都能明辨文字真義。

她向來自覺狂妄自大、唯我獨尊，但是她還沒有那個膽藐視真正的聖母。

在這樣神聖的光輝之下，人類太渺小了。包括她也不例外。

讓準人瑞沒想到的是，琴娘居然說，她希望和羅仙家一樣，能自由自在的行走在世間，再無畏懼。

「我可不是個好榜樣。」她挑了挑眉，「可我應了。」

對自由的無比嚮往啊。這願望是這樣卑微，卻也異常宏大。

剛好她收了第四個機緣，也琢磨的差不多了。所以準人瑞站起身，伸了個懶腰。

第四個機緣是無弦琵琶。算是琴娘機緣中的防禦性法寶，無弦而自鳴。可只拿來當無須發動的法寶，還真是暴殄天物。

不過也不能怪琴娘，她根本沒受過什麼正統的修仙教育，琵琶無弦也很難讓人覺得是樂器。

但她可曾是殷樂陽。那個音樂力足以統治整個世界的天才。

……雖然只有一兩成功力，但也不少了好吧？

要撥動無弦琵琶很簡單，將心弦安上就是了。

她出山第一件事情就是砸了合歡宗的山門。

一照面就被打趴的合歡宗弟子們稀里糊塗的往裡逃，同時啟動了護山大陣。陣法運轉起來，陰陽交錯，鳥瞰之下，頗有些像陰陽魚圖，只是關鍵的陰中有陽、陽中有陰那兩點缺失了。

如果好好琢磨，說不定會有所得。但是準人瑞忍下這股衝動。

懷抱無弦琵琶，撥下心弦，整個大陣因此如水波般蕩漾。

果然如她所想，世間的一切組成都是「規則」。她雖然還不能完全理解規則，但是少少的那點感悟，就夠讓她運用音攻解構大部分的護山大陣了。

讓準人瑞獨立佈置護山大陣，那不可能。但是干擾破壞，就不是那麼難了。

假設護山大陣的組成宛如嚴謹齒輪和零件組成的倫敦大笨鐘，想要打造很困難。但是要破壞，只需要在齒輪間投下一截鋼筋。

她那震盪靈魂般的樂聲就是一截看似微不足道的鋼筋，侵入嚴謹的大陣縫隙，導致運轉時發生微小的傾斜，然後互相消耗碰撞，接著磨損而崩潰。

再也沒有任何阻礙。準人瑞淡定的拾階而上。

當琴娘所謂的師父攔在階前，驚怒交集的痛斥她是個欺師滅祖的賤人時，準人瑞都笑了。

「錢道人，你將琴娘賣了一百顆靈石。賣身契上寫著：恩斷義絕，死生勿論。」準人瑞的目光轉寒，「現在你跟我提欺師滅祖？」

她踏前一步，收起琵琶，「我就欺你了，怎麼樣？幾百年突破不到金丹的老厭物。」

錢道人反應還算是相當快的，在準人瑞飛身欺上時，他火速祭起一口銅鐘，銅鐘立刻漲大，大到足以將錢道人罩住。

但是準人瑞出手的不是劍。

她的手腕冒出荊棘藤蔓，如鞭般纏繞上去……卻被銅鐘隔絕在外。

其實有些科學原則還是相當通用，比方說銅會導電之類。

在心裡默念，雷華圓舞曲……

聲音非常大的，也非常的亮。雖然她的修為還是築基中期左右，使的還是凡雷，但是有了會導電的銅鐘，那可是大大增幅。

以至於電光那一閃，有了X光的效果，琴娘的前師父都瞧得見骨骼組成了。

大約……八分熟左右。

說時遲，那時快。眾人只見電一閃、雷一劈，照完面錢道人已經半截焦炭的躺了，且喜還有一口氣。

但是準人瑞冷冷的目光瞧過來時，所有人都不覺得有什麼喜了。

由荊棘組成的陣法範圍，又擴大了一圈。

圈內電蛇飛舞，雷鳴狂暴。掌握著如此暴烈陣法的絕豔女子，泰然自若的往前踏了一步。

合歡宗弟子立馬轉身就逃，幾秒鐘內火速清場，跑了個乾乾淨淨。

還留在當地的只剩跑不掉的半焦炭錢道人。

誓言逼裝到底的準人瑞面無表情，內心卻是一萬個詫異。

我還什麼都沒做，你們跑什麼？要跑也把你們的師父還是師叔帶走啊。錢道人又沒把你們給賣了。

後來她才知道，這世界還真是個拿著法寶站定對轟的年代。尤其是陣法類法寶，絕對不會長腳。即使是能夠隨身攜帶的陣圖、陣盤、陣旗之類，也是在目的地佈好就不會移動了，屬於蜘蛛織網的陷阱類。

結果有個人持著殺陣舉步。

這不但碎了他們的三觀，還引發了無數腦補和無盡恐怖。

雖然雷華圓舞曲看起來是小陣，但那也是陣法啊！能夠持著小陣亂跑，那麼，大陣呢？例如護山大陣？

要知道舉凡護山大陣，無一不是能力拒千軍萬馬於山門之外的龐然大物……陣法有其侷限性，不能移動，不然大家拿護山大陣對轟就飽了。

結果這個陣法的侷限性此刻已被打破。

若是琴娘手握護山大陣別級的殺器，不啻二十一世紀帶著便攜式核武的威力。

於是他們跑了，只恨爹媽沒多生幾條腿的跑了。

留下表面裝逼內心莫名其妙的準人瑞。

但是她沒讓那群小蝦米的異常困擾太久，她特別拾階而上可不只是為了裝逼，主要是合歡宗護山大陣的陣眼在此。

那是塊看似平平無奇的巨大石碑，上面刻著合歡宗三個字。看起來只是開門石碑，事實上內藏著一塊天地靈寶。

那是個天地生成的石盤，巧妙的交纏著陰陽魚，構成一個她的本世界人人都知曉的太極圖。區別就是，她所熟知的太極圖陽中有陰、陰中有陽，這個天生石盤沒有。

合歡宗當然不是傻瓜，他們開山始祖想收這個天生石盤想得要死，無奈使盡百般花招還是徒勞無功，想蓋房子藏起來都每蓋必塌。能夠環繞著當護山大陣的陣眼已經是極限了。

在琴娘的記憶裡搜尋到這件小事，準人瑞就開始動腦筋了。原本的打算是想搞破壞。其實純陰或純陽都是相當危險的東西，一點點震盪都能將整個合歡宗炸上天，運氣好（或不好？）能比煙花更燦爛。

就像是奏起無弦琵琶就能干擾護山大陣，想來讓陰魚陽魚互鬥同歸於盡也不是很困難的事情。

但是造化是如此神奇。

準人瑞撫著石碑，就能夠感應到宛如活物般的陰陽魚。既溫暖，又冰涼。既是生，亦是死。萬物循環不止。精準的演繹著，天地規則。

只是，還欠缺一點什麼。

「道可道，非常道。名可名，非常名。無，名天地之始。有，名萬物之母。」準人瑞對著陰陽魚說，「其實我讀道德經有十數年之久，還不很明白。但你們暗合天道，能演繹規則，相信比我明白的多。」

石碑震動，倏然靜止。陰魚睜開了陽眼，陽魚睜開了陰眼。

成了。

準人瑞心底湧起一股欣喜。陰陽相濟，陰中有陽，陽中有陰。近臻完美。捅破那層窗紙，天生石盤靈智開化了。

她拱拱手，「靈寶，有德者居之。我自認無德，卻還是比合歡宗上下加總還來得像個人樣。」

石碑開裂，天生石盤滿溢寶光，破天而去。合歡宗縱有金丹道尊六人，元嬰老祖一名，也只能頓足徒乎負負……壓根追不上。

讓準人瑞詫異的是，天生石盤固然沒有選她當主人，卻連帶將她捎走了，非常有義氣。

雖說她還有個壺中天當後路，但是天生石盤還是省了她許多麻煩。

天生石盤的心電感應非常有趣，很明顯是一男一女雙聲軌同步，「小姑娘一言開悟，老身等承情。若是相求，吾等留下相陪，也不能拒絕。」

要個祖宗幹什麼？她沒有蒐集癖。琴娘怕他們怕得要死。

「倚恩求報最下等，老大人千萬別陷我於不義。」準人瑞淡淡的笑，依舊非常裝逼，「若是可以，請讓我在西陽城下車。」

天生石盤輕笑，很痛快的將她放在西陽城城郊。

離去前，扔了塊小玉石給她。

雖然只是陰陽魚的影子，一息之氣，這靈玉若是出世，鐵能讓修仙者瘋狂，引起腥風血雨。

已經是頂尖法寶了啊。

「不須謝，不過是個還沒返真的小玩意兒。」天生石盤踐踐的說完，瀟灑的破空消失。

準人瑞感慨。不是人類愛裝逼，連天地靈寶也頗愛此道。

等在壺中天休息時，琴娘的魂魄終於清醒，弱弱的問，「為、為什麼？這對羅仙不好……」語氣很惶急。

「放心，我不會給妳留隱患。」莫裝逼，裝逼遭雷劈。準人瑞是沒有被雷劈，相反的還是劈人那個。

但還是累，其實今日完全是超常發揮。果然好強到一個程度會有精神加成……但是裝逼了一天，她覺得自己要死了，活活累死。

「不是為我。」琴娘的聲音很平靜，心灰的平靜，「我不怕，但是羅仙……雖然是我的身體，但是受傷痛苦的是妳。」

準人瑞恍然大悟。嘴角噙了一絲真正的笑意。「沒事兒。我將合歡宗的陣眼搞沒了……可不是一時興起。」

一個人力戰群雄然後獨力把合歡宗滅了……聽起來很爽，但是可能性非常低微，更可能的是她帶著琴娘一起光榮（犧牲）了。

她會這麼蠢麼？這對她的智商是嚴重的侮辱。

凡間很平靜，但是修仙者的各大門派可是暗潮洶湧，明爭暗鬥。時不時就要扣人魔修的帽子，好賺抄家財。

畢竟資源的爭奪一直是修仙門派的重中之重。

合歡宗一直站在灰色地帶。

說是正道吧，修煉方式和行事都遭人非議。說是魔修吧，又還沒到天怒人怨的地步。

其實這都是表面的說法。真正的理由是，合歡宗的護山大陣太猛，即使僥倖破了護山大陣，還有個脾氣不是很好的天地靈寶杵在那兒，目前放眼修仙界還處於無敵狀態。

可惜天生石盤就是個祖宗，壓根不用合歡宗。不然能攜帶出去大殺四方，早沒四大門派、七大宗門什麼事兒了。

但祖宗被一言點化成了太上老祖宗，歡脫的破空而去。現在的合歡宗成了沒殼烏龜，周圍狼般的各大門派哪還不會撲上去吃肉？

雖然過程有些偏移，但大方向沒有出狀況。準人瑞對自己的智商和氣運一直都是很滿意的。

「我不是閒著無聊或喪心病狂。」準人瑞很有耐性的解釋，「妳無須害怕人類。其實，妳不是真的討厭人類……妳瞧，合歡宗沒什麼了不起。我會的這些，其實妳早晚都會……但還是沒有一合之勇。」

「師門之恩？我呸。師不師，那就會徒不徒。合歡宗把妳賣了，就得接受徒將不徒的後果。像是妳爹娘將妳賣了，既然父不父，那子就可以不子。」

「不要聽別人那些廢話，什麼天下無不是的父母……我再呸。如果父母生育子女，師門教養子弟，都是為了換錢……那他們應該去養牲口，而不是把子女弟子當牲口。」

「他們那樣做是錯的。不因為他們是父母師門就有豁免權，別傻了。父母呢，記憶太模糊，就算了。合歡宗倒是沒跑了，我定要替妳討個公道。」

「渺小的合歡宗不值得成為妳的心魔！」

琴娘哭了。

從來沒有人想過替她說句話，只有羅仙會費力氣為她討公道。她是那樣憤怒，卻只能將憤怒忍下，只餘絕望。

她不敢恨師門，因為師門之恩重於山。她不敢恨奪走她初元又將她賣進青樓的掌書真人，因為她是真人買的侍妾，因為夫君是高高在上的天。

青樓的日子讓她生不如死，她害怕所有男人，最後害怕所有女人。

羅仙卻說，沒事兒，欠妳的公道，一個都逃不了。

琴娘號啕大哭，讓準人瑞捂著心臟疼，但她一言不發。

「哭吧哭吧，」準人瑞淡淡的說，「然後積蓄好力氣等著瞧。我非讓那個什麼掌書真人輸得好慘好慘。」

垃圾。買賣人口的垃圾廢物。把人初夜奪了還罵人是破鞋，垃圾直男癌。

不喜歡你把人放了啊，賣進青樓是幾個意思？修仙者欠那幾個小錢？還不是惱羞成怒，資質不足得靠雙修衝關……還是個合歡宗妖女。

保持幾百年的處男很了不起？元陽之體好棒棒？出身名門好高冷？

等著吧。

合歡宗果如準人瑞所料，旦夕間滅門，子弟資源都被瓜分了。

就算有漏網之魚來找她報仇……修為和她一樣的，空手都能直接掄牆勝。修為比她高的，還值得她出兵器，但也不過是磨刀石罷了。

繼「一人傾覆合歡宗」（流言總是很誇張）之後，準人瑞又以築基中期修為，打敗了合歡宗碩果僅存，來找麻煩的金丹長老。

這一戰就很吃力了，準人瑞差點陰溝翻船。築基與金丹的境界相差宛然天地之遙，不說別的，光破防就破不了，分分鐘被轟死的節奏。

能夠僥倖翻盤，是因為金丹長老有點傻，耍帥的站在湖面上施法，卻沒有穿橡膠鞋……

被滿湖金蛇狂舞電得沉湖滋味實在不太好。

遠遠圍觀趁火打劫的修仙者一湧而上，逮住了昏厥過去的金丹長老，但是上下為之一空，別說儲物袋，連根毛線都沒有。

回頭一看，只剩下血皮的琴娘早消失蹤影。

這一消失，就是大半年。

琴娘不在江湖，但江湖都是她的傳說。

準人瑞去哪了呢？

其實她放完了雷華圓舞曲就已經往壺中天奔……經過幾世的練武不輟，她對血量的拿捏很準確，也不意氣用事。

壺中天號稱萬世不壞，世間防禦法寶第一。她很有把握才敢跟金丹長老動手，並不是衝動……她都這把年紀了。

但凡事都有意外。

所以她瞠目看著一直不知道怎麼用的魚籽（天生石盤所贈小玉石之名）大放光明，阻止她奔往壺中天的勢頭，同時形成一層厚實的防禦氣場，硬抗下金丹長老的最後一擊。

她的小蜘蛛瞬間吐出許多蜘蛛絲，掠奪了沉湖中金丹長老的所有寶物和儲物袋，連髮簪都沒給人留下。

此時壺中天才一吞，將他們都吞入壺中天地。

準人瑞傷得很重，但是她完全忘記這回事，只是瞪著小魚籽和小蜘蛛，以及堆在腳邊的戰利品，有些魂遊天外。

所以根本不該讓小蜘蛛和魚籽廝混對嗎？不知道為何，小蜘蛛特別喜歡魚籽，不知道是否誤會什麼，沒事就抱著魚籽不放。

她將魚籽做成披風釦，小蜘蛛抱著魚籽。這樣招搖過市都沒人發現過。

還沒想出個頭緒，黑貓已經凶惡的撲上來咬小腿。

「……我沒殺人。」還有點渾渾噩噩的準人瑞說。

「妳快把自己給殺了！」黑貓咆哮。

這時候準人瑞才發現自己渾身痛得不得了，再也站不住的就地坐下。

「搞毛啊！」黑貓繼續咆哮體，「度假任務妳快把自己搞死是怎麼回事？生命顯示已經橘轉紅！」

「我有分寸。」

「毛個分寸！妳妹的分寸！我再也不會相信妳了！」黑貓暴跳。

準人瑞根本沒理他。她早就習慣用炒菜鍋煉丹，從培元丹躍升到高階的各種仙丹。幸好小蜘蛛打劫了金丹長老，不然存貨有點不夠。

有人說入定很難。準人瑞一直很納悶這點。她寫作的時候絕對是入定三重苦狀態，有眼不視、有耳不聽、有口不言，對外界一無所覺。

她不懂為什麼別人會有入定困難。

黑貓知道她的想法，氣得三天都不理她。結果準人瑞根本沒發現……為了消化海量仙丹，她入定了一個禮拜。

醒來更迷惑，她不知道為什麼壺中天、魚籽、小蜘蛛會拼湊在一起三位一體了。彼此間聯繫很緊密，但又各自是自由的。你說法寶間有這種勉強叫做友誼的聯繫不算太奇葩，可跟一隻凡世蜘蛛有這種聯繫是哪招？

她皺眉將小蜘蛛翻來覆去的看，巴掌大的纖細蜘蛛溫順的任由她倒騰沒有掙扎。就是一隻……普通蜘蛛。一點點成妖的跡象都沒有，普通的不能再普通。會打劫的普通蜘蛛。準人瑞覺得有點偏頭疼。

一向很小氣的壺中天突然大方了。她就算想在壺中天住到死都沒問題，什麼一個月只能住十天的原則早被壺中天嚼巴嚼巴吃了。

兩法寶屬於胎兒期，別指望他們會聊天。小蜘蛛……就是一隻蜘蛛，只懂蜘蛛語，她還沒開闢這樣神奇的語言技能。

「為什麼啊？」她只能向黑貓虛心求救。

黑貓說，「哼！」

「……」

算了，看起來也沒什麼副作用。

躲入壺中天時，壺中天一直沉在湖底隱身。一開始觀望壺外景觀還挺新奇的，藏身於碧綠水草中，整個湖底一覽無遺，好似在龍宮。

金丹長老居然蒐羅了許多合歡宗的藏書。除去那些亂七八糟的雙修法門，居然實錄了不少陣法相關的玉簡。

護山大陣所錄甚詳，只是非常深奧難懂。結果不是合歡宗開宗老祖佈置的，而是一位大能的手筆。

合歡宗歷代一直都想破解陣法祕密，想徹底掌握護山大陣，卻一直在門外轉。

但是她不懂，黑貓百科全書懂啊。

雖然不免簽下一些喪權辱國的條款……比方說發誓絕對會將自己性命存續擺在第一優先不往死裡奔之類，黑貓從一開始堅持原則的「是」和「不是」，到破罐子破摔的知無不言、言無不盡，只花了幾個月的時間。

準人瑞是所有老師最喜歡的學生……只要是她真心想學的學問。不吃不喝，滿腔狂熱。猶如對程式的著迷，邏輯上有些相通的陣法也讓她陷入熱戀中。

這樣的學生怎麼有辦法拒絕，何況人家舉一反三、聞一知十。

「別太沉迷了！」黑貓不得不制止她，「學點足以點滿神棍技能就算了，陣法是最接近天道的法術，花個萬年來學還是只在門外徘徊！妳是來作任務不是來上學的！」

準人瑞勉強壓抑自己，畢竟她同意這點。

「千萬不要透露。」黑貓憂心忡忡。

……雖然非常博學，但是年輕人就是年輕人。準人瑞有些歉意。她多少用了心計拐黑貓教學。想來是不行的，黑貓才會這樣緊張。

「粉身碎骨魂飛魄散都不能讓我透露一字半句。」她很慎重的說。

「喂！」黑貓最討厭她說魂飛魄散什麼的。

對羅花了這麼多心思教養，那可得給他長長遠遠打工，一萬年都不足夠。

他可是冒著被開除的風險！

「……我盡量。」準人瑞面有難色。

黑貓的臉孔火速聚起暴風雪，張嘴又往她的小腿咬下去。

準人瑞默默的嘆口氣。

他們還是上岸了。食物已經不足，她還可以吃魚，她家小蜘蛛是吃素的，對水草不屑一顧。

但是上岸不到兩個小時，準人瑞就無語望天了。

女主角劉愁魂出現在西陽城，準人瑞其實都快習慣這種巧遇。但是她身邊的那個散發冷氣、生人勿近、仙氣繚繞的男人……就讓她感覺到命運森森的惡意。

準人瑞知道女主角的裙下之臣名單。但是琴娘真打照面的也只是當中一部分。

所以她知道有個天卷道君，卻沒見過面。

現在她知曉了。

原來掌書真人凝嬰改了道號。

媽的，那是男一號，女主角的大老公。

女主角加上男主角一號，這氣運沖天快破碎虛空的組合。

準人瑞覺得，她的小腿應該又快要遭殃了。

然而這不是命運最大的惡意。

更大的惡意是，人潮洶湧的集市，萬頭鑽動，男女主角就那麼剛好的同時看到她。

這對璧人齊齊一凜。

你以為他們會喊「站住」嗎？別傻了，那是炮灰路人角才會喊的，能當主角的，必要的時候是不說廢話的。

所以男主角（一號）雲淡風輕的伸出手，立刻化出淡金色的極大掌影，正是天卷道君的成名絕技「大自在手」。元嬰期道君出手，威力非凡。他的本意若不是想將看似故人的準人瑞拿下，只用了三成功力，恐怕以準人瑞為圓心，方圓三丈內的人都得死。

女主角眼神猙獰的扔出八個乾坤圈，比捆仙繩還高一級的法寶，將準人瑞能脫逃的方位都堵死了。

女主角就是女主角，沒死在無主洞府反而有奇遇，很不妙的已經晉升金丹期。

只能說，準人瑞終究還是歷經數世的祖媽，經驗豐富。雖然修為差人許多，智力加武力是相乘而不是相加而已。

荊棘冒出來火速凝聚了風華圓舞曲，雖然遇到大自在手陣型幾乎立刻崩潰，但是崩潰時的氣流混亂卻將大自在手的掌影帶得一偏，沒有擊中的攻擊等於沒有攻擊。

在那電光石火間，荊棘剛因陣型崩潰縮回，準人瑞已經伏低拔劍，一個大弧劃過，鋒利的真刃法正好將八個乾坤圈都囊括在內，即使只是小小缺口，卻讓乾坤圈相互撞擊誤傷，劉愁魂與法寶心神相連，哇的一聲吐出血來，心神失守，乾坤圈滯空不前。

就是那一瞬間的空隙，準人瑞已經鑽進人群，拐過牆角……然後就不見了。

天卷道君不敢相信，放出神識覆蓋整個西陽城，卻一無所獲。劉愁魂也扔出所有偵查型法寶……連根頭毛都沒找著。

準人瑞也很不好受，奔回壺中天也吐了口瘀血。她修煉進展已經很不科學，如今已是築基巔峰。但是想跟男主角（一號）、女主角比，那真的只能回家咬被角。

在壺中天裡看著滿天偵查型法寶如煙火般噴湧……她只覺得女主角真是寶多人傻速來，不坑她都不好意思。

不過準人瑞不用坑她。全世界第一的防禦法寶在她這兒，再多殘次品等級的偵查型法寶有毛用。

壺中天還有天幕播放功能，360度旋轉無死角。她端詳了半天，不是很有把握的轉頭問黑貓，「嗯，我在想是不是我的眼睛出問題了。那個什麼道君的對琴娘……？」

黑貓原本在發愣，準人瑞問了兩次才醒神，「喔，那傢伙……」他有些興致缺缺的，「蠢蛋一個，天資不夠自視甚高還總想抄捷徑。抄完捷徑發現對捷徑初戀了。沒有什麼道心只有玻璃心，還以為能夠得道成仙呢。」

他輕蔑的嗤了一聲，「抹黑初戀對象順便送進青樓自以為這樣就能斬斷七情六慾……哈！這程度跟殺妻證道同等級，都是蠢到不忍直視的地步。」

準人瑞撫額。經歷越多世就對人類的智商欠費狀況感到憂心。

不過在她本世界好像有種變態就喜歡將女朋友或老婆送給別人糟蹋因此獲得快感……對人類的奇葩度再高也似乎用不著驚奇。

難怪身為第一男主角能夠容忍女主角的多P，搞不好還因此興奮的在一旁打手槍之類。什麼鍋配什麼蓋啊，古有名言。

但她還是沒忍住，「為什麼天道要選人類當天選種族？」奇葩如此之多的種族！她身為人類都越來越沒信心了。

「並不是只有人族……但是我們這個大千世界的主宰是選人族沒錯。」黑貓微微笑，露出小虎牙，「我聽說是因為主宰初創時，發現剛脫猿猴之型的人族看到父母屍身在荒野中被野獸啖食，哀哭甚切，之後就將過世親人埋葬在土裡。」

「人族是第一個為死者行葬禮的種族。」黑貓有些不知道該怎麼解釋，任何解釋都太長。「像你們本世界說的，『老吾老以及人之老，幼吾幼以及人之幼』？」

準人瑞張了張嘴，卻不知道該說什麼。「……謝謝。」

黑貓被謝得有點赧然，清了清嗓子，很硬的轉話題，「那個，剛剛我以為妳會戀戰。」牙齒都準備好了，差點就撲上小腿。

她搖搖頭，「你覺得勝率有多少？」

「呃，0.00087%吧？不能再高了。」

「幾乎不能勝。」準人瑞很理智的說，「我不會帶著原主去自殺。何況我已經答應你珍愛生命。」

太有覺悟的羅讓人好不習慣。

「你不用盯著我，總有更重要的事，你去辦吧。」她異常誠懇。

黑貓沉默了好一會兒。

玄尊者麾下八百萬眾，所以神識化身八百萬黑貓，協助並監察執行者。雖然羅也有讓人頭疼的部分，卻沒人比她更省心。

天知道玄尊者已經將「救心丹．皇極」當花生米吃了，依舊被這群烏合之眾氣得常常捧心。

不得不將幾隻黑貓融合，能力和智力提升，才能保住幾個高階執行者的小命……他真心希望他們別再點魅力和武力了，求點智！或者不要把智商忘在家裡！

至於不被美色所惑降智商到白痴這種事，他早就不奢求了。

「再十二年就好了。」黑貓很不放心的囑咐，「那時原主的魂魄就涵養好了，祕境也會開啟，妳的任務就結束了。羅啊，原主人生有善緣也有孽緣，妳不可能包山包海啊……」

準人瑞深有同感的點頭，目送黑貓「失魂」又隱身。

她也沒打算包山包海。

只是想消滅那個變態道君的元嬰。就像是合歡宗失了天生石盤被滅一樣，快意恩仇的天卷道君失了元嬰……哇塞，希望他的仇家們有創意一點。

準人瑞自覺是非常有分寸的。

準人瑞會選在西陽城落腳，當然不是腦門一拍熱血衝動胡亂選的。

第一是，西陽城距離青蕪祕境最近……就是琴娘住了幾百年的祕境。現在只等十二年後開啟了。

第二是，西陽城是天卷道君洞府的必經之路。想陰天卷道君需要長期規劃知己知彼熟識地理，這是個曠日費時的大工程，必須早早來熟悉環境。

第三是，西陽城是駱國首都，或許不是第一大城，卻是仙凡交易最興盛的城市……駱國也是少數能和修仙門派平起平坐的凡塵王國。

駱國面積不大，卻非常強盛，國主是女王，剛滿五百歲，是金丹巔峰半步元嬰的大能。

或者你會說，元嬰老祖普世也有幾百，駱國女王好像還稱不上大能吧？

可哪個元嬰老祖擁有舉國之力的堅定信仰，跟女王為敵簡直就是跟整個駱國範圍的龍脈為敵……想死趁現在？

準人瑞覺得駱國女王駱烈非常有趣。照書面資料來說，她根本就是瑪麗蘇的進化究極版，她稱之為，女王蘇。

駱女王裙下之臣不計其數，目前拱衛在她身邊的四大侍君無一不是人中龍鳳。不但如此，全駱國都是她的狂熱腦殘粉，舉凡國內龍脈地祇，萬千臣民，全都拜倒在她的石榴裙下。

凝聚力非常可怕，可怕到舉國祈願之力都能為女王所用，輕易和任何一個修仙門派叫板不落下風，是少有不淪為修仙門派附庸的獨立王國。

也因為這樣，首都西陽城對凡人有加成保護，公平對待修仙者和凡人商賈，這促成了商業活力的旺盛，以至於躍升成此界第一貿易都城。

女主角和女王相比，那蘇力跟螻蟻一樣……難怪黑貓和天道都不看在眼裡。

駱女王是真的蘇，非常蘇。她的豔史都夠傳唱天下，一天一個不帶重樣的說上一年半載。可別人是郎心似鐵，女王她是娘心似鐵……心裡最重要的是她的百萬腦殘粉……

不是，是她的百萬臣民，愛情在她生命中占據很小的部分。

但是相較男人的種馬，女王無疑是很有人性的後宮主。再喜歡的男人，有伴侶的不要，家人反對的不要，不能接受後宮的也不要。至於相好幾年，厭倦想要自己家庭、移情別戀，她也向來好聚好散。

她曾說過，「孤何德占盡天下好男兒？相逢一笑金風裡，足矣。」

愛她愛得如痴如狂的俊傑還是能將龐大的西陽城繞兩圈。

這就能夠理解了。胸襟寬闊如海，意志力堅強，有抱負有理想，多才多藝又強悍，揉合君主的孤高和美麗的柔情……不愛上她真有點困難。

蘇得非常有道理。

而且能力也非常能說服人。

井然有序、磅礡壯闊的西陽城就是道理和能力的具象化。

男主角（一號）和女主角在集市悍然出手不到兩刻鐘，就被逮捕了。即使貴為元嬰道君、金丹仙子，還是灰溜溜的被扔出西陽城，一個月內不許入城，還得賠償城內建築物損壞。

那金額真是個天文數字。

天卷道君發怒，結果拱衛西陽城的護城大陣真不是吃素的。

準人瑞笑出聲音。她奔行幾千里尋找四大機緣，總不是什麼事情都沒做。知識就是力量，情報當然也是知識中非常重要的一部分，她怎麼會錯過呢？

她沒有離開西陽城，而是施施然的往論道殿住下。

女王的智慧真是超凡入聖。她能把首都坐大成為貿易之首當然不是蓋的。優待凡商的好處就是貨源充足源源不絕，有貨源還怕修仙者端架子嗎？但是這麼多修仙者都擠在一城，不鬧點亂子都說不過去。但是修仙者鬧亂子遭大罪的還是凡人，絕對不利於貿易。

於是西陽城一方面擁有倚護城大陣之力，強悍執法的護衛隊，另一方面又開闢了一個廣大的論道殿。說是論道，其實就是競技場建築群，將該世強悍的空間法則運用得近臻完美。

有衝突去競技場……不是，論道殿解決吧。隨便你們打，打壞算我的。

但是駱女王會白費銀子開闢無用的論道殿嗎？別傻了。人家有觀戰模式呢，而且還可以小賭怡情一下……莊家就是西陽城。

就跟準人瑞的本世界一樣，賭城內飯店總是豪華又平價，論道殿也如此。比較不同的是，只要打進排行榜，吃住免費。名次能夠打得越高，套房換洞府。若是能驚世絕豔，各門派爭邀為客座長老，各國也會搶著請供奉，可說是名利雙收。

準人瑞倒不需要名利雙收……因為這不是琴娘的追求。她看中的是，論道殿嚴謹到變態的保全。除了真正對打的演武台，論道殿不准動手。每個入殿者都對著道心發誓（簽約）。

能白吃白喝白住，打到一定名次，論道殿圖書館也隨之開放部分樓層。舉凡布陣、煉丹、煉器……所有功能建築一應俱全。

還有許多送上門白挨揍的人。

人生夫復何求。

獨立滅了合歡宗（謠言），打敗金丹長老的羅琴娘現身於西陽城！

原本有些平息的江湖再次譁然，又滿滿的都是琴娘的傳說了。

因為她在元嬰道君和金丹仙子的夾攻中居然全身而退。

會選擇在論道殿落腳……也是很合理的嘛！雖然感嘆她闖禍的本事為何如此之高……怎麼會惹上睚眥必報的天卷道君呢？離了西陽城恐怕會死得很慘。

羅琴娘還是築基期而已。能擋下一擊全身而退已經夠讓人驚嘆的了……再多也不可能了。

為了親眼見到這個滿滿傳說的羅琴娘，無數散修門派子弟都跑去看熱鬧，西陽城因此更繁華。

但是羅琴娘的初戰只有一瞬間。

原本被羅琴娘稀世之俊美震撼的觀眾，馬上就轉為震驚。

她空手飛身而上，姿態美麗的宛如舞蹈，纖手如玉。

然後如玉纖手拎住對手的後衣領，往山壁摜上去。

對手翻白眼暈倒，剛祭起的法寶也掉地了，完。

萬籟俱靜。

之後觀眾們默然。剛剛到底看到了什麼？絕對是漏掉了什麼對吧對吧？

接下來幾場都差不多，差別只是摜一下還是需要多摜幾下。不是掄在牆上就是掄在山壁上。若是抽到的地形沒有牆壁和山壁，她會勉為其難的掄在地板上。

論道殿演武其實很公平，相同境界的才能競技，不然讓元嬰老祖專挑金丹築基洗分就飽了，還有什麼好賭……不是，還有什麼好打，沒有懸念了啊。

但是論道殿在眾多築基高手憤怒的眼淚中，還是緊急開會，徵得琴姑娘的同意，讓她跳級入金丹組了。

金丹組讓羅琴娘捨得拔劍了，但是換金丹高手感到萬分痛苦，痛苦得眼眶溼潤了。

再也沒有人討論羅琴娘那震撼人心的美貌了。

觀眾討論的是，今天琴仙子的對手會被仙子摜幾下，並且因此下注。

準人瑞在論道殿宅了兩年。這兩年西陽城都快被塞爆了。

原本是為了江湖傳說和美人來觀看，最後已經完全被羅琴娘奇特的招式給吸引了。

這界的爭鬥方式很單一，或者說，已經發展到異常完熟。最有效率的就是用上佳法寶絕妙法術站著對轟，防禦同樣也是法寶，講究一心二用甚至多用。邊跑邊施法幾乎是不可能的事情。

即使是講求人劍合一的劍修，也是掐訣使飛劍，不怎麼走動。

有沒有武功呢？有的，終生無法築基的凡人才會練武，但是即使煉氣巔峰，遇到築基者再厲害的武功也沒什麼用，連真氣都破不了，無法破防還談什麼勝利。

所以凡人和修仙者距離非常遙遠，武功也就不再受修仙者重視。

但是羅琴娘打破了這個界限。她發明的真刃法被她應用到手指，護體真氣不堪一擊，空手都能破防把人拎著掄牆（山壁或地板）。

真正有追求的修仙者不會長年混論道殿，所以一開始準人瑞面臨的並不是真正的高手。但是她摜出名聲後，真正高手就往西陽城匯集了。

這些真正的高手可以免除掄牆的厄運，但還是慘獲一敗。

其實羅琴娘的法寶不多，最少作為戰鬥的法寶真的很少。她的劍非金非玉，乃是一截先天荊棘所化……講白了是木劍。但是她就如凡人般飛身舞劍而上，實力差一點的來不及祭起法寶就落敗了……她的速度實在太快。實力高一點的還能放出防禦性法寶，但也沒幾下就被猛攻破防，不得不轉身而逃。

真能扛住這種速度和暴力的只有高明的劍修，能逼她取出無弦琵琶。其實她琵琶一撥弦，立刻可以把觀戰模式擠爆……仙樂不過如此，而且非常難得。

但是她的對手絕對不這麼認為，只會在被樂音繚繞擊敗後，晚上哭著咬被角。

演武台兩年，只有一個金丹大家跟她戰成平手。

那是一個精於陣法的金丹巔峰真人，擺下二十八星宿陣跟她對峙，羅琴娘以無弦琵琶破陣，無果，祭起雷華圓舞曲，兩陣碰撞，打得天昏地暗，整個演武台防禦陣都快扛不住了，官方只能緊急叫停判平手。

讓江湖譁然的是，羅琴娘手持陣型，身法奧妙的穿梭二十八星宿陣中試圖破陣，打破了陣法無法移動的界限。

這導致她的粉絲無數，仇家也無數。沒辦法，太驚世絕豔真的好招人恨，摩拳擦掌想蓋布袋圍毆的高手實在很多。

問題是，她宅得快生蘑菇了。自從西陽城對她開放圖書館，她就乾脆捲鋪蓋搬進去了。尤其是和咸池真人（二十八星宿陣持有者）打成平手，她除了對戰會走出圖書館，連飯都在裡頭吃，死活不出門。

明明西陽城如許繁華（適合蓋布袋的曲折小巷也很多），西陽城郊有六景八勝十三境可遊賞（適合圍毆的地點更多），這個據說還相當年輕的琴仙子卻寧願在書堆裡枯坐。

原本被攢太多氣瘋的仇家找上咸池真人，打算贊助一切高大上的資源，只求讓羅琴娘吃土。結果真正高冷如北極的咸池真人連眼皮都沒抬，跑去跟羅琴娘坐而論道，論完就閉關了。

那一戰給他非常大的感悟，最終也因為感悟突破境界，碎丹凝嬰。冷到沒人性的咸池道君（元嬰後稱號升等）終生唯一承認的朋友，唯有淵月仙君（琴娘之後的道號）。

此是後話。

這兩年，天卷道君只要是準人瑞出戰必到，多次想攔下她說話。準人瑞毫不客氣的賞他白眼，一次也沒讓他攔到。

跟變態沒有什麼好說，壺中天在手，天下我有。想攔下她？去求天生石盤說不定有機會。

天卷道君因此跟劉愁魂大吵幾次，最後劉愁魂憤而出走，天卷道君追去了，才結束這種噁心的尾隨。

她對男女主角豐富而矯情的心理活動毫無興趣。比較起來，西陽城豐富多采的生活更具有無比的魅力。

說準人瑞沒有出門是不可能的。只是黑貓看到她隱匿蹤跡的方法啞口無言。

壺中天是定點隱身居住型防禦法寶。但是在準人瑞手裡，總是能讓法寶各種歪。輕功出行，入壺中天擺脫追蹤，等追蹤者都現形了，利用壺中天的天幕功能規劃出無障礙道路，就能施施然的逛街購物，甚至出城遊賞六景八勝十三境。

再遇追蹤者，就再入壺中天。如此可以忽隱忽現的拖著一大群仇家滿城亂逛，甚至自我懷疑是不是追錯人或眼睛有問題。

「這有什麼問題？」準人瑞不解，「琴娘這麼漂亮，修為又低，幸好有壺中天。壺中天不這麼用，不然該怎麼用？」

「……沒有。」黑貓快相信不是她用歪了，而是別人腦洞開得不夠大，才不知道這麼用。

擔心她安危的我太傻了。黑貓默默的想。

「對了，」準人瑞想到，「這世界的壞空，是因為絕大法陣互轟，對吧？」

黑貓的尾巴毛根根豎立，「住手！人心所向，這是他們自我的選擇，妳千萬不要插手！」

千萬不要再開啟世界任務！

「……我什麼都沒做，也沒打算做啊。」準人瑞納悶了。「我只是好奇，能夠用絕大法陣互轟，那代表陣法不能移動的準則已經打破了。」

所以那麼多人對能攜帶移動的雷華圓舞曲驚訝什麼？

黑貓摸了摸額頭，幸好只是八百萬分身的黑貓，不然一定汗出如漿。「法陣能移動這回事，一定會被當成門派至大祕密啊……」

等等！

可準人瑞早早的昭示人前！

黑貓沉默，準人瑞也跟著沉默。能夠說，她幸好宅在論道殿長蘑菇麼？

「天道果然會留一線生機。」黑貓感慨，「反正妳有壺中天，還有陰陽玉石。放心吧，陰陽玉石會在妳底血時保妳一命。」

準人瑞乾笑。血皮才發動……萬一爆擊導致連血皮都沒有呢？

但她很聰明的沒說出口。準人瑞不知道這樣替黑貓本尊省了一顆「救心丹・皇極」。

* * *

至於準人瑞為啥又幹起教官這個老本行，那又是另一個故事了……

其實說穿了都是小蜘蛛的錯，想來魚籽也是共犯。準人瑞就沒見過那麼愛閒逛的法寶。

在西陽城兩年，靈智漸開的魚籽會表達情緒，能大能小，和小蜘蛛一拍即合，非常開心的讓小蜘蛛馱著到處亂竄了。

某天，亂竄的蜘蛛二人組跑回來，後面跟著兩隻小點的月蛛，再後面是大呼小叫的月蛛主人。

怎麼也沒想到，會迸出熟人來。準人瑞也大為詫異，仙峰山村讓她短短教導過一陣子的女童會出現在這裡，而且成了一個小門派的弟子。

女童長大了些，一看到準人瑞眼睛都紅了，跪著用滑壘的姿態撲到她跟前抱著她小腿，「劍修大人！蘋兒好想妳啊!!」轉頭跟她的同伴喊，「這就是劍修大人，好厲害的！」

……我不是劍修啊孩子。

跟個語無倫次的孩童溝通是很痛苦的事情，不過準人瑞卓絕的語言組織能力發揮了效用。

當初收學生的時候，準人瑞還真是有教無類，這個叫做蘋兒的孩子，可憐巴巴的在門外偷看，她也直接叫過來……哪裡差她一個。

這世界雖然絕大部分的人都能修煉，最不濟也能修到練氣期。但總有一小部分天生沒有氣感。這些人不免成為社會最底層，被視為廢物。

蘋兒就是山村僅有的「廢物」。村長還勸過她別費心了。

明明蘋兒根骨很出色，適合練武。準人瑞終究還是愛才，額外多指點了她一些。此世的人於修煉格外有天賦，經脈穴道那是啟蒙就教導了，所以指點蘋兒分外簡單，最後她將無雙心法傳了，能練到什麼程度唯勤而已。

沒想到，這個刻苦的孩子幾年功夫就有小成，然後死活感覺不到的氣感，莫名其妙的暢通了，而且還一日千里！短短幾年已經躍居練氣大圓滿，讓經過山村的修士收為關門弟子，疼愛有加，連到西陽城都帶著來。

準人瑞明悟了。果然道武本同源啊。或許此界大部分的人經脈通暢，所以易有氣感。但有人可能經脈先天或後天產生淤塞，何談氣感。或許有靈丹妙藥可以解決，可靈丹妙藥豈是尋常人能得。

這問題對準人瑞是問題嗎？那當然絕對不是！

因為其他世界哪有這麼得天獨厚啊？經脈淤塞是常態，所以才需要無雙心法引導行小周天，就是要讓經脈暢行無阻。

準人瑞笑著摸摸蘋兒的頭，跟她解釋疑惑。

然後這場溫馨會面之後，沒多久，她寄居的圖書館門檻差點被擠爆。

這種先天無氣感的廢柴，非常公平的分布在各個階層，跟父母的資質一點關係也沒有。就算是兩個元嬰老祖的大能，千辛萬苦耗費修為生下來的後代，也可能是廢柴。更有些廢柴連仙丹妙藥都解救不了，大能父母該有多傷心。

蘋兒她師父也是個大嘴巴，這不沒多久就傳遍了嗎？早就是江湖傳說的羅琴娘更提升一級成了傳奇，還不趕緊的來死馬當作活馬醫？

這事兒一傳，驚動了女王陛下，非常大方的配了一個洞府給準人瑞，於是半強迫的被塞了十來個來頭著實不小的學生，那個束脩，也真是異常豐厚。

不過準人瑞把那些天材地寶的束脩給退了，言明真要送束脩，不如給些種子。結果裝在儲物袋裡的種子，險些把她的新洞府大門給堵實了。

只能說父母之愛子，山高海深。金丹元嬰不稀奇，連半步度劫即將飛升的大乘期大能都朝她這個築基巔峰的小角色折腰，只因為子姪有可能脫離廢柴這樣屈辱的身分。

果然知識就是力量。準人瑞感慨。若是真能解決廢柴問題，說真話，莫提天卷道君，就是女主角和她愉快的後宮們，大能家長都能輕鬆滅他們個十次八次不帶重樣。

沒事，當教官，我在行。

這些嬌生慣養的學生難免要脫幾層皮，夜晚蒙在被子裡哭聲此起彼落。可快的幾個月，慢的一年半載，死活感受不到的氣感就冒出來了。

一破淤塞就水到渠成，修為登登登的往上漲，進度非常喜人。

準人瑞只讓人喊她教官，卻不肯擔師父這名義。別傻了，這些學生的出身個個顯赫，自然有大能來當他們的師父，白占名分做啥？

至於能不能外傳，那當然是可以。黑貓眼中很普的無雙譜，有什麼理由敝帚自珍？更不要提林家內功心法了。反正只是求暢通經脈，別練錯就行了。

後來上門求教的人多了，她實在煩不勝煩，乾脆的交了底稿出去，隨便女王陛下怎麼賣，給點潤筆費就行了，她本來就不靠這個吃飯。

結果她這麼豁達無私，反而賺了個缽滿盆滿，名利雙收。說到羅仙君，沒人不翹大拇指，這倒是意外的收穫。

可她不找事，不代表事不找她。

就在她譽滿修仙界的時候，身敗名裂了。

雖然因此突破滯留已久的築基巔峰步入金丹，但也讓準人瑞異常不爽。

琴娘是到目前為止和準人瑞最像是朋友的原主。

可能是身在仙俠世界，琴娘涵養魂魄的進度非常喜人，天賦也是高的不要不要的。

不管在哪個任務世界，準人瑞刻苦過的知識武學通常能完整留給原主。但是原主能不能繼續刻苦下去，才決定知識和武學會不會荒廢。但是準人瑞離開後，通常很難繼續保持下去。

這是大環境的問題。像是杜芊芊，那是絕對不要傻了，指望公主夏練三伏冬練三九……你沒事吧？類現代社會用不到啊，遺忘得非常理直氣壯。至於林大小姐，那是精益求精，更上好幾百層樓，準人瑞在她手下大概走不了十招……武俠世界理所當然的。

可琴娘在清醒的時候，非常努力刻苦的將無雙譜學全了，大概準人瑞離開也會繼續下去。

她的魂魄很強，能夠飛快掌控住自己的身體，不愧是修仙天才。而且好學，什麼都有興趣。

所謂教學相長，準人瑞也受益頗深。最後她們能夠切換得毫無障礙，有時候連黑貓都分不清到底是琴娘還是準人瑞。

一開始，別人覺得羅琴娘有些喜怒無常，但漸漸的就連這種痕跡都沒有了。

魂魄還不太周全，一天只能清醒兩、三個時辰，卻能將所有武學道術都精通，這真是太厲害了。性情又溫和柔順，相處起來真的很愉快。

琴娘意外的喜歡打架。仗著切換無障礙，準人瑞也由她了，落入下風時不還有我嗎？沒事兒沒事兒。

漸漸的，對手發現羅琴娘不再那麼執著於掄牆。

但那是好事嗎？當然絕對不。

被風刃雷電追屁股難道會比較不狼狽嗎？掄牆最少受力面積大，昏過去也不那麼難堪好嗎?!

羅琴娘果然生來就是讓人痛苦的！

但某天，這種痛苦終於終止了。羅琴娘離開西陽城，再也沒有回來過。

這是一個晴朗的午後，演武台的地形是一片草原，羅琴娘的對手是個很陌生的金丹巔峰。

那個笑得一臉純良的金丹真人溫柔的對她說，「妳是琴娘吧？百花樓的花魁琴娘。嘖，怎麼一臉不認識我的樣子？我還記得妳可愛的哭叫聲呢，小貓似的，浪得人心裡顫顫的啊！這麼多年我都沒辦法忘記，再沒比妳更好的口活兒……」

不，不要說了。琴娘臉孔蒼白的後退一步。

「……聽說妳攏了一群孩子？有沒有調教出什麼好貨色？難不成都收在裙下了？小浪蹄子，打從骨子裡就騷啊……妳不就愛大被同眠？六個裡頭妳是最浪的那個，那屁股搖得……」

不，住口。所有人都會聽到。琴娘又倒退一步。

應該立刻切換。準人瑞知道。但是此時琴娘內心的極致痛苦也貫穿了她的舊傷。

真不明白。真的真的不明白。為什麼女人只要跟男人滾過床單，那個男人就覺得能將女人踐踏貶低到塵埃。

不明白。

銀貨兩訖的性交易如此，但是妻子、女朋友的待遇有比較好嗎？沒有。其實，也沒有。

男人這種輕蔑潛伏在內心最深處，覺得可以隨便處置自己的女人。只要想到甜言蜜語底下藏的是這種惡意的輕蔑，就覺得毛骨悚然。

「……我記得他。」琴娘絕望的心聲，「他曾經對我很溫柔。」

「他只覺得我們是破鞋。」準人瑞淡淡的說。

琴娘發出高亢的尖叫，捂著臉，所有的法術攪纏在一起，暴雨，狂風，銀蛇蜿蜒的雷霆閃爍。

走開。不要靠近我。誰都不要靠近我。

暴雨飛快的淹沒了草原。獰笑的男人踏入水窪……卻發現水窪比以為的還深，連忙駕飛劍遠離暴風雨範圍。

這是走火入魔了吧。總算是不負所託……酬勞也是很可觀。

暴雨漸漸停歇，嗚咽似的綿綿，風歇雷止，終停。天地一片荒寂。披頭散髮的琴娘溼漉漉的站在水窪所化的深淵之上。

完全感覺不到她的氣息。

這是，修為嚴重倒退吧？金丹真人眼中銳光一閃，掐起劍訣，如雷飛劍直奔羅琴娘頸項。

她連劍都沒有拔，並指一揮，卻發出如彎月的劍氣，不但斬斷了飛劍，還幾乎將金丹真人腰斬。

不知道是雨珠還是淚珠，從琴娘的臉頰上滾落。

一絲回憶被她從魂魄排斥出來，那是特意來侮辱她的男人，曾經對她溫柔微笑的回憶。然後是又一絲，接二連三，所有在她痛苦煎熬的人生裡，曾經於她絲毫溫柔的回憶，一一排斥出來。

越來越快，直到如煙花般噴湧。

最後也是最完整的，是夫君曾經，牽過她的手，走了十二步。

不要了。什麼都，不要了。我再也不要記得這些，再也不要靠近我。

朝著上天瘋狂吶喊，魂魄傷痕累累。卻在這一刻，感受到空白與安寧。

像是扔掉所有渣滓和垃圾一般，她突破築基巔峰，凝成金丹了。

沉默至今的準人瑞一笑，「泰，小往大來，吉亨※。」

按理說，凝結金丹，踏上長生第一步，慣例該吟首道詩。琴娘只覺得心被掏空，一個字都吟不出來。

泰，小往大來，吉亨。

雖然不合規矩，但她喜歡仙家給她的「道詩」。

「……把他留給我。」她嘶啞的說。「他能成就元嬰，我也能。」她試著平復呼吸，「我會比他還行。」

準人瑞知道，這個「他」，是指天卷道君。琴娘將他記得最深，最後才將他的回憶捨棄。

其實她早就準備好要坑天卷道君了。有個大乘期家長已經答應她完成一件事，而這位大能以連環坑、坑死人不償命並且禁止喊救命聞名。

但是，算了。琴娘想親手坑，這點小心願怎麼能不滿足呢？

人總是需要點向上的動機。

「好。留給妳。」

琴娘踉蹌了一下，她的靈魂千瘡百孔，已經疲憊太甚，受得太夠了。準人瑞火速切換掌握身體，離開演武台。

在千萬人眼前晉升凝丹，這等事態足以震古鑠今。誰人晉升不閉關重重禁制？哪怕只是築基也是如此，修仙路艱險無比，每個大境界都得嚴陣以待，受不得一絲半點的干擾。

沒有人在心神震盪的情況下凝丹，更沒有人在眾目睽睽下凝丹。

但這也沒有什麼鳥用。再怎麼震古鑠今，也不抵羅琴娘是個污穢的娼妓……這個勁爆的事實。

是的，強大的修士往往雙修者眾多，當中愛恨情仇錯綜複雜。但那是「情難自盡」，是「情之不知所起一往而深」，是「恨海情天」……等等風花雪月。

可絕對不是賤籍的娼妓能比擬的。

※取自易經泰卦。小往大來就是小人離去，大人（君子）歸來。仇男的準人瑞認為拋棄掉小人（渣男回憶）是非常正確的，從此大吉大利。

連放浪形骸的合歡邪修魔修都比娼妓高不知道到哪去了……好歹人家是修士，賤籍的娼妓就是玩物，連爐鼎都比不上……爐鼎最少得家世清白。

雖然沒有明文規定賤籍不能修煉，但是賤籍總是乖乖待在底層不出來蹦達現眼。步入演道殿，竊竊私語如此清晰喧譁。所有人避之不及，好像她身帶什麼致命病毒。

說生氣吧，也不是。

這感覺，像是她八十五歲時寫愛情小說，有讀者在網路嘲笑。什麼毫無新意全是套路這早聽疲了沒什麼。說她一隻腳踏入棺材還寫了個天仙似的男主角就是為了意淫。

真不是生氣，而是……悶。心臟有條筋彆扭了，疼是不怎麼疼，就是血液不通暢，悶，鬱悶。

一個禮拜她都沒能好好吃飯，最後那本小說就成了愛情類的最後絕響。

身敗名裂是如此快速。她的心情除了鬱悶，更多的是不爽。

她回頭看向她的學生，原本只是想囑咐兩句，讓他們找家長來接……

可是準人瑞踏前一步，他們齊齊往後倒退。眼神裡滿滿的指責和厭惡。

最後一批學生，六個孩子。

那條彆扭的筋斷裂了。

「呵呵呵呵……」她不想笑，琴娘卻掌握聲音笑了，「哈哈哈！哈哈哈哈！……」

她不想哭，可是琴娘哭了。臉頰蜿蜒著悲痛的淚，血淚。

比起來，琴娘比準人瑞更疼愛學生。她將對學生的溫柔，也捨了。

捨了捨了，什麼都捨了。捨盡了就好了。捨盡了就不會受傷。

「膽小鬼。」準人瑞語氣溫柔的說，「廢物膽小鬼。別人能夠一次次情傷屢戰屢敗、屢敗屢戰，受了這麼點挫折就連心房的大門都拆了砌牆。」

琴娘沒有說話。她的魂魄滿是創傷的蜷縮成一團。

「可我也是。我也是，廢物膽小鬼。」準人瑞一步步的走出演道殿，走出西陽城。

「因為這樣才能活下去，活得有尊嚴，活得舒服。那我樂意當個廢物膽小鬼。」

將所有人，驅除於心房之外。我願如臨深淵，我願如履薄冰。

我願，心房內舉世空寂，唯有深淵映月。

琴娘止住了血淚，魂魄的傷痕緩慢的癒合。雖然真的很慢，到底還是會癒合。

後來，在沒有人知道的情形下，準人瑞悄悄的回了一次西陽城。那個差點腰斬的金丹真人還在養傷，被羅琴娘嚇得魂不附體，掄了兩次牆就毫無保留的全招了。

劉愁魂意外發現天卷道君偷畫了張琴娘的小像，夜深人靜時總是對著黯然神傷。於是她傷心了，跟差點腰斬兄珠淚暗彈，差點腰斬兄拍胸脯會給琴娘好看。

準人瑞絕對讓女主角非常好看。

於是向來信奉打人不打臉的準人瑞，破例給劉愁魂小姐二十幾個耳光，牙都抽掉了幾顆，讓她真的很「好看」。

最後還將新領悟完整的淵月劍法用在她身上，脊椎斷裂躺個二、三十年就會好了。別客氣不用謝了。

至於貴師姐會不會趁機崛起落井下石，坦白說，不在本人思考範圍內。

準人瑞因此被男主角們追殺了幾千里，有幾次真的險死還生。

值不值得呢？

很難說。她倒是被黑貓罵得狗血淋頭。

但是，起碼這樣她會比較爽。琴娘也同意她。

男主角們的追殺突然終止了。

因為被留在劉愁魂身邊照顧她的葉飛（喜穿紅容貌與琴娘不相上下的師弟）和醉柏真人（禁欲謫仙系師叔）手牽手私奔了。

劉愁魂氣得吐血了，傷上加傷，可把男主角們心疼壞了，當然是往回奔。

準人瑞面無表情。這是什麼……神展開？

「……這個命書到底是誰寫的？」準人瑞忍無可忍，她真的很想跟命書作者好好談談人生。

黑貓一臉生無可戀，「妳見過他的。他已經用他的永遠償還了。」有這樣的魔下，上司也是很感人的。

準人瑞想了一下，「是……太子殿下啊。」望舒郡主世界的那位學長，附身到太子身上最後被大魔王收到戒指裡的那位。

黑貓無奈的點點頭，遲疑片刻，又搖搖頭。

準人瑞終於肯定了，「所以，他是寫同人的那一個。」

黑貓愣住，張大眼睛，尾巴完全爆炸。

準人瑞一直覺得這世界的故事線有點奇怪和紊亂，莫名的有違和感。她能肯定劉愁魂是穿越者，而且是看過原版的穿越者。

但是，她上哪兒看過原版呢？

只有一個可能。並不是每個窺看到天機的創作者都會修改得面目全非，或許有人忠實的寫下誤以為是靈感的天機。

「是呀，這個世界存在兩本命書。」黑貓嘆氣，「第一本命書的作者……是個設定狂。他忠實寫了千萬字，設定比本文多了三倍的字數。都不得不說他記性好了……很暢銷，只是讀者對太多的標註不耐煩。這麼寫實的命書當然不會礙到什麼……」

黑貓更哀怨，「可有個記性不怎麼好的創作者看到這部大作，勾起模糊的天機回憶，非常奔放的寫了同人作。」

……所以這就是個同人作引起的一連串血案？

難怪劉愁魂會記得所有天材地寶的出處。九千萬字設定集實在太強！更強的是腦洞大開的同人作者替女主撐腰啊！

……她記得那個叫做邵龍的學長是男的。是說男作家不去寫種馬文跑來寫女配逆襲的同人文，突然有種詭異的惡搞感。

準人瑞不想找他談人生了。

將學長掄牆太沒禮貌了。而且他也付出代價……真的是「永遠」作任務來償還了。

自從凝結金丹後，琴娘休眠了大半年，可以視為靈魂狀態的昏迷。

這是被黑貓罵個半死的部分原因。畢竟，心腸其實很軟的玄尊者對這些倒楣的事主都抱著一種關愛小動物般的溫情。

只是他自己不說，也不讓別人說。

所以準人瑞也沒有頂嘴，默默的聽。

「……不要去想什麼復仇不復仇的……記得任務目標嗎？任務目標就是讓原主度過死劫！妳看看妳！差點拉著她去死！連靈魂都受重創啊喂！」

黑貓沒好氣，「……妳居然還鼓動她封閉心房。這對她不好……我是說，對她靈魂涵養不好！」

這準人瑞就有話說了。「這很好啊。起碼這對她才是比較好的。她太渴望溫情了，因為不管什麼樣的情感，她都沒有。親情、友情、愛情……通通沒有。哪怕是虛偽的溫柔，也會讓她不可自拔，這太危險了。」

黑貓不同意，最後兩個人對「男人都不是好東西」的觀點展開激辯。

「夠了！」黑貓先打住，「文明發展不同，說再多也是雞同鴨講。」

準人瑞眼中冒出精光。高等文明想鄙視我等低等文明？

「我出身的人族，是母權社會，一妻多夫制。」黑貓淡淡的說。

準人瑞愣住，「……女尊？」

「女妳妹啦！」黑貓跳腳，「我族從遠古就是兩性平等了！別侮辱我們的文明程度！」

發完脾氣後，黑貓有點黯然，「其實人類都不是好東西。只是誰手上的權力大，就更容易不是東西，這跟性別無關。」

準人瑞默然。

想來也是，也是啊。

後來，琴娘甦醒，準人瑞與她行遍天下。

一點一點的扶持，讓她完全習慣身體，陪伴著。

然後琴娘一點一點的，越來越像準人瑞。

可準人瑞並沒有糾正琴娘。

其實模仿是創作之始，人生也是如此。尤其是將自己過往砸碎重組，模仿崇拜的人是最容易重新站起來的方式。

臨別時，琴娘跟她說了段話。

「小時候，我以為合歡宗的意思就是，來這裡就能夠歡歡喜喜過日子。後來……只覺得生有何歡。」

「現在不這麼覺得了。活著真好，生有其歡。」

準人瑞脫離出來，和她面對面。千言萬語，不知道從何說起，不知道該不該囑咐。

「放心。」琴娘笑了，她妖豔的面孔沁著溫柔的寧靜，「我不會被人拐了。因為，」她按著自己的心口，「我心裡曾經有人。」

準人瑞緩緩睜大了眼睛，看著琴娘的強自鎮定，以及耳朵尖沒辦法藏住的嫣紅。

沒想到輪到我蘇了一回。

「那是。」準人瑞淡定的說，「一切不如那個人的，通通無須考慮。」

琴娘笑得更美，如百花齊放，「說得太對了。」

黑貓跟準人瑞一起回到空間，落下巴的黑貓盯著她猛看。

沒見識的小鬼頭。

「我啊，活了快百歲，一輩子正經跟我告白的人只有十個。」準人瑞淡淡的說，「五個是男人，五個是女人。被女人告白，我有經驗。」

「……有什麼好炫耀的啦?!最討厭你們這些炫耀鬼！討厭討厭討厭！」黑貓突然發飆，然後跑掉了。

「…………」

休息時間

瞪著睡得很安然的準人瑞，黑貓對著評分表，氣得發抖。

他以為早已經心如死灰般的冷靜，誰知道羅永遠會讓人理解何為生無可戀。

個人評價和任務評價雙雙呈現亂碼狀態，破表到無法顯示正常文字了。

表面上，羅這樣二二六六的玩過這個仙俠世界，別說開世界任務，連最終復仇都放棄了，只是穩穩的（？）度過原主的死劫而已……

但他碼的只是表面上啊!!

因為她的插手，這個仙俠世界的氣運，被、掰、歪、了。

原主羅琴娘並沒有遁入祕境離群索居，終生不再收任何學生的她，卻周行天下開壇講學——推行道武雙修，講解移動陣法，並且蒐羅天下種子。

只要有人聽，她就願講。但是講完就走，什麼榮譽和招攬一概不理，罵她或誇她都不能讓她動容。

漸漸的，許多人脫離家族，脫離門派，跟隨在她後面。她沒有驅趕但也不曾回顧，連第一個來跟隨她的蘋兒，她都不承認是弟子，哪怕是記名弟子都不行。

她活得很瀟灑也很任性，毀譽參半的她和名門正派硬撼多回，哪怕是險死還生也沒動搖她的自由。後來咸池道君出關就來找她，「吾生平僅一友耳。能不相隨天涯乎？」

琴娘看了他一眼，「吾之大幸。」

劉愁魂和范孤煙明爭暗鬥，煥日宗相互軋壓，因此日漸衰敗。最終劉愁魂因為有傷在身，被范孤煙拿下了，和她的男主角們廢去修為一起關在煥日宗後山水牢。

琴娘得知消息的時候過去探望，天卷道君早因廢去修為衰敗身死，劉愁魂宛如老嫗，昏昏迷迷的躺在潮溼的地上，喃喃的喊著媽媽。

還是琴娘不忍心送了她一程。

「何苦白擔殺孽。」咸池道君皺眉。就他看來，都是自作自受。門派內骨肉相殘，勝利的范孤煙也沒得到什麼好，道基受損，無緣大道了……當這個衰敗門派的掌門，除了爛攤子，什麼也沒有。

「少受點零碎的苦總是好的。」琴娘靜默了一下，「她在喊娘。媽媽……就是娘。」

雖然機會很渺茫……但是羅仙說過，劉愁魂是異魂，死後說不定能返鄉。

她那一時不計得失的憐憫，陰錯陽差的讓天道氣運歸於她身上，徹底歪了。

但這一歪，卻歪出十萬八千里。

幾百年後，道魔之爭還是爭出了極大法陣互撞同歸於盡。但是除了道魔兩個陣營，卻有鬆散的第三方，以淵月仙君羅琴娘為首的絕對中立陣營。

在陣法大家咸池道君的主持下，以魚籽為陣眼，成精的月蛛布陣，壺中天護法，淵月仙君一如既往的成為刀鋒，力抗毀天滅地的陣法反噬。

如果說，原版中此界的人口十不存一，那這次的命運線就導得太過頭了……人口只損失了十分之一，保留了極大部分的元氣，以致於越過這次壞空，這個小千世界直接升級成中千世界。

淵月仙君和咸池道君等，是這個中千世界的洪荒期第一批成聖的……直接把成仙的那階段給跳過去了。

這就是為什麼，準人瑞的雙評價都是爆表亂碼的緣故。

黑貓真心感到無比絕望。

最後他硬著頭皮用雙評價的天文數字換了個儲物戒指……幸好羅在杜芊芊任務時徒手抓了個靈魂碎片回來，不然她一個十任務都還沒畢業的菜鳥哪來的材料打造這個貴到令人吐血的戒指。

終於可以顯示文字了。個人評價的超S++是什麼意思他就不想知道了。

但是收到唯一一個任務檔案，他就知道事實上任何努力都沒什麼鳥用。

因為危險度顯示為黑色。比他的毛皮還黑。

黑貓掩面哭泣。

命書卷柒

蟬鳴

準人瑞擁有了生平第一個金手指──儲物戒指。

不過在仙俠世界玩過一圈，連壺中天這種史上最強防禦法寶都擁有過，儲物還是當中最不起眼的附屬功能之一，區區一個戒指……

不過是組織「大道之初」出品，要價還是天文數字，甚至動用了個人評價和任務評價……據說評價分和積分價值可是天差地遠。甚至用料也很不凡，靈魂碎片呢！

到現在，她終於知道了打工所在的組織名稱。不過黑貓絞盡腦汁翻譯出來的名字居然是「大道之初」，害她噗嗤一聲，惹得黑貓勃然大怒。

聽起來不是打太鼓的藝術團體，就像是斂財專用的新興宗教，怎麼能夠忍得住。

不過這個金手指意外的貧弱。

別談靈泉，也甭提開心農場，就是純粹得要命的儲物戒指。容量吧，剛好兩個拳頭。額外功能只有一個，加強檢索。

……她和琴娘分別前已經頗有身家，真沒用過這麼低檔的儲物裝備。

黑貓炸毛了，又蹦又跳的罵了半天，「妳居然不滿意?!妳還敢不滿意啊!!這是神器神器啊！我告訴妳，妳給我藏嚴實了！千萬不要透露半滴口風，不然殺人奪寶就在眼前啊！」

然後就被黑貓嘀嘀咕咕的教育了半天的金手指使用指南。

大道之初的執行者都能憑積分兌換功法、法器、武器、藥劑、糧食……森羅萬象無所不包，只有你想不到的，沒有兌換不到的。

當中的精品被暱稱金手指，可見有多逆天。

但是金手指也有很大的侷限。

在當前世界沒有的，金手指不能使用。比方說在仙俠世界，別想用核彈。在末法靈氣空虛的現代世界，別想御劍飛行。所以哪怕滿身金手指，還是只有符合當前世界設定的一、兩樣才能使用。

這些金手指能夠收納進魂魄帶著執行任務，但是魂魄除了金手指，啥都不能收納。

簡單說，積分兌換什麼都有，除了儲物裝備。想要儲物裝備？行。很稀有的超難團隊任務，不死的話可能有任務獎勵，再不然，就是用海量雙評價分加上稀有素材能打造一個。

而且不管是任務獎勵還是雙評價分加上素材，都是唯一。也就是說，一個執行者一輩子只能有一個儲物裝備。

即使如此，每個執行者還是會搶破頭設法弄上一個。

因為這個儲物戒指是僅有能夠帶走任務世界物品的裝備。

看黑貓那麼激動，準人瑞沉默了。

聽起來還挺好的……但是對我能有什麼用呢？原本聽說能夠消耗雙評價分她還高興了一下，畢竟她的個人評價似乎高得很不妙。

結果是唯一，半點搞頭也沒有。

「羅，妳沒有什麼話說嗎？」黑貓質問。

端詳著橢圓形鑲碎鑽的紅寶石戒指，「呃，最少挺好看的。」

黑貓簡直絕望。「……像是魚籽那樣的天材地寶妳就可以帶走了，對妳未來的任務……」

「我才不要。」準人瑞皺眉，「那些機緣，琴娘絕對比我還需要。」看黑貓又要發飆，準人瑞投降，「我完美的大腦遠勝金手指無數好吧！依賴外物絕對是邪道！」是妳完美的腦洞！腦中黑洞！

但是黑貓不想跟她多說了，萬念俱灰的將唯一的檔案給她。

「……為什麼標籤是黑色？」準人瑞湧起一個濃濃的不祥感。

「什麼顏色到極致都趨近於黑。」黑貓平靜的說。

「……聽說我十個任務都還不到？」

黑貓指著個人評價的超S++說，「呵呵。」

「…………」突然有種安心上路的fu。

種類居然是星戰。這大約是她第一個星戰任務。

這讓準人瑞又喜又愁。喜的是，終於能夠真正飛向宇宙浩瀚無垠了！愁的是，科幻小說是她弱項中的弱項……

每次登錄的時候都很刺激，星戰呀，那不是更刺激！

難得的激動起來，拚命按捺才閉上眼睛投入任務。

真的很刺激，但不是那種刺激。

準人瑞握著黃銅門把，瞠目看著大床上激烈演出的活春宮。

……她真心覺得自己運氣不好，上線被剛已經兩次了，這次卻看兩個帥哥剛剛好。

更不能好的是，因為紅寶石戒指的加強檢索功能，所以還沒能閱讀抽屜資料和記憶的她，一眼就認出，原身的丈夫，還是被壓那一個。

上面那一個原身該死也認識，是非常照顧原身的學長，還是她和丈夫的媒人。

……騙婚啊！

準人瑞立刻把手機掏出來，藉著加強檢索功能，用陌生的手機錄影存證。

拍了兩分多鐘，這對狗男男居然渾然忘我到完全沒發現。

沒辦法拍下去了。準人瑞覺得自己快長針眼了。

她悄悄的退出去，站在大門外茫然了一會兒，因為她受到十足的驚嚇。

第一，原主懷孕了，黑貓推測已經三個月滿。小腹已經微微突出。

第二，因為原主懷孕，不要說無雙心法，連林家心法也是沒輒，除非想靠行周天人工墮胎。

第三，原主懷相非常不好，不好到懷孕兩週半就開始孕吐，並且有先兆性流產的跡象。

……說好的星戰呢?!

準人瑞只忍到搭電梯到管理室，就拉過垃圾桶狂吐了一番，然後捂著肚子開車去醫院。

她沒辦法再想星戰的問題了。孩子都快掉了啊還星戰。

準人瑞住院七天才把檔案和記憶理順。

照理說不該如此，但是在強烈孕吐和先兆性流產的威脅下，她只能躺在醫院病床上，吐到頭大如斗，並且將後頸肌肉拉傷了，喉嚨就像是吞了把玻璃渣，五臟六腑沒有一個地方好，膽汁後繼之以血絲。

一天三餐帶點心宵夜的吐，她大腦清楚的時候並不多……能夠在七天將一切理順已經很行了。

然後，她明白了一個道理。

黑色，代表的是絕望。最少現在他媽的非常絕望。

原主名為孟蟬，是個作曲人。但是現在左心室是空的……孟蟬的魂魄已經消耗殆盡，連微塵大的靈魂碎片都沒有了。

因為原主魂魄消失，所以記憶缺失了部分細節，跟朱訪秋的情況有些相似。然而，複雜許多。

原版的情形相當偶像劇，因為孟蟬的學長楊清，認識了學長的好友宋鴻。俊美冷酷的總裁對孟蟬「一見鍾情」，玩命似的追了她一年。在學長的鼓勵與撮合之下，她接受了宋大總裁，戀愛了一年就結婚了。

婆家非常開明，讓小夫妻在外獨居。丈夫潔身自好，幾乎沒有缺點，就是比較害羞，稍微有點潔癖，孟蟬並沒有什麼不滿意。

結果就是那麼戲劇化。成婚半年，她懷孕了，只是懷相很差，丈夫很體貼的讓她住院安胎，住的還是最高級的個人病房，還特別請了三班看護照顧她。

住滿三個月，終於把胎安穩了。她想給丈夫一個驚喜，自己出院返家了。

驚喜沒有，驚嚇滿滿。她的丈夫和她的學長，在新婚床上通姦。

這一驚嚇，體質本來就柔弱的孟蟬流產了，還引起大出血，最終失去了生育能力。

一團混亂後，宋家威脅利誘的給了一大筆封口費，孟蟬和宋鴻離婚。

看起來挺慘的對吧？但是拍成電影還是太老套，太缺乏衝突了。

於是某個誤將天機為靈感的電影編劇從另一個角度改編……很慘的孟蟬立馬更慘的被炮灰了。

改編版裡歌頌的是兩個帥哥驚天動地的愛情，是退讓、是成全，是各式各樣的情不自禁……弄得孟蟬像是小三似的。

孟蟬倒是保住孩子，保住婚姻。卻害兩個男主角各種誤會、各種虐心，分分合合的讓人好不揪心。

最後孟蟬的女兒十二歲時倒戈，拋棄暴躁苛刻的母親，投向兩個爸爸的懷抱。

「惡毒」的孟蟬意圖刺殺楊清未果，被送入精神病院，沒幾年就死了。

滿心傷痕的兩男主和女兒相互擁抱，重新組建幸福家庭。

……嗯，最後因為沒有天賦異稟的孟蟬發揮異能，半世紀後蟲族來襲，把地球給啃了，全人類都玩完，那兩男主和女兒怎麼可能例外……可喜可賀、可喜可賀。

只是可憐此間天道冤枉陪葬。

準人瑞第一時間想墮胎。她實在想不出任何理由生下這個催命鬼。她知道兒女都是債，但沒有把命也討了的高利貸。

「羅，不可殺人。」黑貓緊張兮兮的說。

「這是人麼？」準人瑞諷刺的笑，「老媽含辛茹苦的拉拔到十二歲，當爸的一個月見不到一回，光顧著他偉大的愛情去了。結果因為她媽不讓她這點年紀用化妝品，不給她買新手機，她就投奔那對狗男男了。」

黑貓安靜了會兒，小小聲的說，「這是孟蟬的條件。她的魂魄消磨得差不多了……回溯必定魂消魄散。她沒有別的要求，只求保住她的女兒。」

準人瑞沒有講話，但是怒氣漸漸升騰，蔓延，瀕臨暴怒邊緣。

「不是每個命書都能左右未來，對吧？」她的語氣分外冰冷。

「……對。」黑貓嘆氣，「如果所有命書都能左右命運線，大道之初擴編十倍也不夠。」

準人瑞的氣息變得更加危險。

黑貓的耳朵漸漸放平，尾巴蓬的一聲炸毛。

但是準人瑞沒有爆發。她乾嘔了幾下，神情非常疲憊。「玄尊者，忙你的去吧。暫時別理我。」

因為我要失控了。

失去最大的倚仗無雙心法。現在她拿這個破敗的身體毫無辦法。在孕吐停止前，她什麼事情都幹不了。

最可怕的是，她沒有錢。一毛都沒有。所有的積蓄都在丈夫手上……以理財的名義。她有信用卡，只能買買買卻不能提現金。

原本她是迅音影視最被看好的作曲人。卻在丈夫的說服下解約辭職了。

就是這樣，一步步的被宋鴻控制。控制經濟，慢慢的掐緊。最後拿女兒說事，如果不把嘴閉緊，孟蟬再也不用想看到女兒了。

家庭主婦跟大總裁，誰能得到監護權？

改編版中的孟蟬不是沒有掙扎，她試圖出外工作，擺脫箝制。結果在豪門宋家之前，她只是隻螻蟻，處處碰壁。最後被污蔑成抄襲，她的作曲人生涯徹底被毀。

還有些細節想不起來。總之絕對不是愉快的經驗。

真是，可笑。同性戀不是錯，錯的是騙婚。有種就出櫃維護你們高貴的愛情，而不是拖個無辜女人替你們生孩子順便當靶子。

她真的要失控了。

結果，她只能抱著垃圾桶猛吐，嗓眼一陣陣甜腥。

「……妳還是對我發脾氣吧羅？」黑貓聲音發顫。真是怵目驚心，羅強忍脾氣，忍到眼白佈滿血絲，血壓節節升高。

準人瑞想說話，張嘴卻是「嘔……」

「…………」

準人瑞好幾天沒跟黑貓說話。

因為她在狂躁邊緣，一張口絕對沒有好話，而且會玩命似的遷怒。

她明白，她不是個好人，而且有嚴重的心理問題。煩到超出程度就會狂躁、失控。

一旦失控就會遷怒的亂噴毒汁。

沒有人知道，她狂躁失控的時候，非常容易「言出法隨」。幾個差點出人命的巧合後，她自己嚇得夠嗆。從此發現快狂躁失控就會將自己封閉起來，盡量避免與人接觸。

她終究還是人類，信奉生物兩大法則的人類。

黑貓雖然沒用又傻，還是一路陪伴著她。可以的話，還是不想傷害他……真正的傷害他。

但是這個任務黑貓如此緊張的盯哨，趕都趕不走……她的心真的越來越涼快，涼快得要顫抖了。

等孕吐沒有那麼激烈，半個月已經過去了。準人瑞也自我調整到心平氣和的狀態了。

因為沒時間矯情了啊幹。

孟蟬是個內向的人，朋友不多，最要好的是學長楊清……對，狗男男之一。父母在她高中時遭逢意外過世了。這個已經衝出太陽系，並且往外殖民的世界，親戚情感日益淡薄，孟蟬是非常典型的孤女。

她一心沉醉在音樂中，卻不是科班出身。她的父母開著一家極大的樂器行，包括了錄音室和樂團練習場，可以說耳濡目染，卻是個野路子。

能夠早早的展現才華，並且讓迅音影視簽下，可以說是父母生前豐沛人脈的展現……可是她卻違約，付出大筆違約金，解約辭職了……把她的人脈糟蹋掉了。

真心孤立無援。

而這個世界的程式更複雜，路數也和她過往所知大不相同。或許給她一、兩年的時間，她又能重登大駭客的寶座……但遠水救不了近火。

這是一個科技和社會發展得很完熟的世界，所以給她留的時間，特別的少。

好在，孩子還在她肚子裡。如果在未分娩時離婚，就此間世界法律，監護權天生屬於母親。更好的是，此間法律還有通姦罪，通姦雙方都得負起刑事和民事責任。

問題是，再完善的法律還是有漏洞可以鑽，哪怕手握證據。所以她需要一個好律師……可是越好的律師越昂貴。

於是問題又兜回來了。沒有錢。而且是在一切技能都被封印的情況下沒有錢。

是的，連健康屬性都被封印了。因為現在她是兩個人，健康屬性只能單人使用。

不離婚？別傻了。知道後來那對狗男男破罐子破摔，當著孟蟬的面卿卿我我嗎？孟蟬只會抱著女兒走避哭泣，準人瑞覺得自己的脾氣沒有那麼好，非把那對狗男男弄死不可。

天道一定會發飆，她也不想讓黑貓生氣。

宋鴻秘書例行公事的探望時，準人瑞告訴她要出院回家了。

秘書一臉驚訝和隱約的不樂，準人瑞內心冷笑不已。

這女人是個資深腐女，更是那對狗男男的擁戴者，一直覺得孟蟬不過是個代孕的，不要臉插足美好愛情的第三者。

當誰希罕啊？要不是豪華公寓還有個小錄音室，現在她實在沒有錢，她希罕回去看那兩畜生？

結果一個多月毫無音訊的「丈夫」，秘書回去不久就打電話過來。

「醫院住著不好？」那語氣真是冰冷。

「我想回家。」準人瑞連敷衍都懶得敷衍了，「那是我家。」

宋鴻安靜了很久，「明天再派人去接妳。」就把電話掛了。

大概急著回去清理吧？床單、保險套還是性玩具之類。說不定還有什麼別的……誰知道呢？準人瑞惡意的想。

祝你們一個生痔瘡，一個尿道感染。

可惜現在她不夠狂躁。不然來個言出法隨該多好。

回去第一件事情就是極盡所能的吐在主臥室的新婚床上，而且沒清理。關窗關門，沒讓家務機器人進去清理。

想來味道夠迷人的。

反正家裡的房間夠多，都有非常專業的錄音室了。她挑了一間離錄音室最近的客房住下，打開功能非常完全的個人筆電。

娛樂圈的錢還是來得最快的。但是想要求得老東家的原諒和重視，她手裡必須有貨才行。

至於宋鴻的憤怒和咆哮？誰理他啊。

躺到一床的嘔吐物？不是很相配嗎？同樣的噁心。

而且，這還不是利息呢，哪有那麼便宜。頂多只是手續費。

這個科技世界真是太棒了，門的品質超級優良，捶了半個小時依舊堅挺，而且可以調校成只認視網膜。

在狂暴的捶門聲中，準人瑞靈感宛如泉湧，並且愉快得不得了。

不過準人瑞很快就進入三重苦狀態，外界的一切都無視無聽無言。她所有的心神都專注在音樂的世界裡。

一開始她也真心苦惱。雖然孟蟬的記憶大部分都還掌握著，但是如同寫了七十五年小說，要她現在將第一部作品一字不易的寫出來也是絕無可能。

孟蟬的音樂也是如此。部分旋律和發想沒有問題，但是要完全複製出來那就令人冒汗了。

創作就是這樣不講理的玩意兒。

她需要一段時間消化吸收，但是現在她最缺的就是時間。

所以，只能走捷徑了。

在醫院的時候，她偶然在一個音樂節目聽到某個女子偶像團體的歌。坦白說，此界娛樂圈異常發達，偶像團體如雨後春筍，但是對偶像真的沒辦法太要求歌藝……她沒轉台是因為這個偶像團體南轅北轍的太好笑，四個人合唱是五個音……連伴奏都各行其是，真心廢到笑。

結果當中一個人獨唱的時候，她的遙控器摔了。

她一直以為自己冷心冷肺，沒有鄉愁這種沒用處的情緒。但是在離家幾紀元的地方，她聽到如此熟悉的聲音，差點沒繃住淚。

黃妃的聲音非常有辨識度，她是絕對不會認錯的。

雖然她知道這個又蹦又跳的少女絕對不是黃妃，這不過是個令人詫異的偶然和巧合。

但是她湧起了無比的懷念和靈感。無數布袋戲歌曲洶湧而來。

……雖然都是破破碎碎的，就沒有首完整的。

可修修補補出相類似的，那還真心不難。而且布袋戲歌曲的出處某大師也只標了日本歌曲……

要不要幹抄襲這種不入流的事情，準人瑞真的狠狠掙扎過。

但她總有種非常不妙的預感。

改編版裡孟蟬撞見狗男男通姦到生產這段的記憶，缺失了。這讓她有濃重的危機感，危機到暫時不去想抄襲這種小節。

黑貓嘆了很長的一口氣。不知道羅在龜毛什麼。其他執行者大抄而特抄，抄出一世錦繡前程，跟羅同個本世界的幾個，還會抄重呢，他都會背〈水調歌頭〉、〈將進酒〉、〈滄海一聲笑〉呢……

妳是來做任務的好吧？糾結什麼著作權啊？再說了，妳記性真的很差，跟原曲真心是兩回事。

不過他不想惹羅，越認真的羅越發危險。這時候打擾她，恐怕會被她處以極刑。

等她忙完美美的睡了一覺，開門出來一片和平。

因為宋鴻總不能堵在她門口熬著，大總裁可是很忙的，每分鐘幾百萬上下呢。

這個世界沒有營養劑，只有代餐。調配好營養均衡的一管果凍，也不難吃，管飽。包裝直接扔水槽特別處理器，可分解沖入下水道，對環境沒有丁點傷害。

此界的環保可是重中之重。綠建築是標準配備，豪華公寓更是綠得要命的綠建築。零食是專門用來維持牙齒健康的各種硬餅乾，零熱量。一般的蔬菜水果肉類自然也有，價格可是很貴族的。

或許將來她會奢侈一把……但不會是現在。

窮得要發瘋的準人瑞翻著孟蟬的衣櫃。不得不說，難怪孟蟬在撞破前一無所覺，宋鴻那混帳慷慨的買買買，真的很能痲痹女性。

清出一堆華貴的晚禮服和名牌包，聯繫了一個二手衣的買家。價格應該被壓得很低，居然有三十幾萬地球幣，原價值真不敢想像。

手裡有錢心不慌。準人瑞厚著臉皮打電話給老東家的前經紀人，被掛了五次電話並且罵個狗血淋頭後，終於拿到她看中那個有黃妃嗓子的歌手電話。

她叫做向瑜，是個選秀出身的小歌手……培訓中。

雖然前經紀人對她很憤怒，但還是幫忙了，很快的用很低的價格約到向瑜來錄試聽帶。

總算是踏出第一步。

抱著垃圾桶，準人瑞愉快的朝裡頭吐。

向瑜和孟蟬的第一次見面不怎麼美好。

看著一個憔悴黃瘦的孕婦抱著垃圾桶，講兩句話朝裡頭吐，任誰都不會覺得有信心。

要不是準人瑞果斷的用手機轉帳到向瑜的帳戶裡，並且獲得手機提示，被勾得也想吐的向瑜早就走人了。

但日後回想，向瑜無比慶幸她留下來。

要不她就失去推開新世界大門的機會了。

在準人瑞和向瑜捨生忘死的苦磨試聽帶的同時，準人瑞也跟那對狗男男鬥智鬥勇的相互敷衍中。

事實上，吐滿床的第二天晚上，宋鴻文質彬彬的致歉，說是喝得太醉失控，同時關懷孟蟬的母子健康。準人瑞也表示歉意並且提起身體欠佳，出示包含了孕期輕度憂鬱症的病歷。

彼此相互理解，非常和平的度過了這次還沒成形的衝突。

宋鴻說他工作非常忙碌，可能要常常出差，所以給家務助理加薪，有事找助理。準人瑞表示理解並且感謝，至於助理神龍見首不見尾這點一個字也沒提。

別傻了。家務助理和秘書是同一掛的，全是這對狗男男的真愛粉。她寧願相信沒有AI同時還是吸塵器格式的家務機器人，最少聲控喊叫救護車，機器人會一絲不苟的執行。

敷衍宋鴻不得已為之就算了，不知道她有什麼義務要敷衍楊清。

這畜生非常關懷的每日一通問候電話，語氣特別纏綿。

你他馬小三舊情綿綿的關懷正室是什麼路數？好學長的面具戴著剝不掉，還是男小三都是這麼別出心裁？

所以準人瑞接了電話就直接將手機塞進抽屜裡，讓楊清自言自語個痛快。

反正懷孕就是這麼任性，有氣就受著吧。

緊鑼密鼓的，包含兩首歌的試聽帶錄製完畢。準人瑞覺得自己是個混蛋，向瑜大概恨死她了，簡直是一個字一個音慢慢磨出來的。

她都覺得雙方立場互調，她絕對會把那個混帳雇主掄牆三百遍。

向瑜眼眶紅紅的看著她，看得準人瑞都難得的內疚起來。

「我、我……」向瑜撲過來，「孟老師！我錢退給妳！這兩首歌讓我當主唱好不好好不好?!求您了……這是我的歌，絕對是我的！」然後就哭開了。

準人瑞無言，之後卻感到無比愉悅。

其實吧，她還沒能消化孟嬋的音樂才華。現在的作品是個拼裝貨，使用的還是殷樂揚時期的音樂知識。她對這個世界的流行樂了解還很膚淺，雖然此界有類似演歌的流行樂風，對這樣布袋戲兼那卡西風格的歌曲還是非常沒把握。

不過能把主唱感動成這樣，最少不是那麼心虛了。

「乖。」準人瑞遞面紙給她，摸了摸向瑜的頭，「我盡量。其實別人大概也唱不出這種味道。」而且喜歡找虐的歌手應該也不多。

畢竟不是誰都能忍受一個抱著垃圾桶不時孕吐並且吹毛求疵、雞蛋裡挑骨頭的作曲人。

結果比她想像的更好，她將試聽帶寄出兩個小時，前經紀人直接殺到她家。

前經紀人是個火爆性感的美女，卻叫做王毅。她居高臨下的看著朝著垃圾桶乾嘔的準人瑞，一臉的恨鐵不成鋼，「怎麼？婚姻破裂了是吧？終於發現宋鴻是個人面獸心？我早告訴過妳了！那傢伙完美得像是個假人，絕對是有問題的！這下好了吧！妳以為豪門是好進的嗎？……」

準人瑞一臉迷茫，「等等，妳怎麼會這麼說？」

王毅更氣了，「妳剛上大學就簽在我手下了，我會不知道妳？要不是被糟蹋夠了，怎麼能夠寫出那麼哀怨的歌？當我跟妳一樣傻?!」

……呃。孟蟬之前的風格非常空靈縹緲、愛與和平，結果她一竿子叉到布袋戲那卡西哀怨風，這跨度的確是大了點。

「能用嗎？」準人瑞不想討論這個，她比較想討論錢。

王毅面籠寒霜的睥睨，「我敢用嗎？我還能用妳嗎？專輯做到一半毀約辭職，造成的損失難道只是金錢嗎?!搞不好只是夫妻吵架轉眼又要我了！我再信妳我的姓就倒過來寫！」

……王倒過來寫難道不是王嗎？

準人瑞還是吞下這個吐槽，「其實我已經寫滿八首歌，完全適合向瑜。嗯，其實沒有吵架……我只是要離婚而已。」

「哈？」換王毅一臉迷茫。

準人瑞乾嘔了兩下，疲憊的說，「宋鴻是個同性戀，和楊清上床被我看到了……就在我的主臥。」

「啥?!」王毅蹦了起來，「我有沒有聽錯？楊清?!妳學長?!」

默默點頭。孟蟬和楊清好的跟閨密一樣，王毅跟他也很熟。準人瑞嘆了口氣，將珍藏已久的影片傳給王毅。

王毅看了開頭五秒就掐斷，更恨鐵不成鋼的瞪著她。

「妳還留在這兒幹嘛？等過年嗎?!」

真是令人難以啟齒。孟蟬的蠢為什麼是我概括承受。準人瑞異常悲傷。

「沒有錢。」她自棄的說，「所有錢都在宋鴻那兒……」

王毅一臉想將她掐死的猙獰。

「去收妳的行李！」王毅對她咆哮，「搬到公司宿舍去！別以為懷孕有什麼特權，我非簽個最苛刻最沒人性的合約給妳！看什麼看？動作快！」

準人瑞終於鬆了一口大氣。

其實吧，錢的確很重要，但卻不是最重要的。

真正重要的是，個人價值夠不夠份量。只要自身的價值突破天際，人脈會有的，錢也會有的。

準人瑞會選擇這條路線，當然是深思熟慮過的。這不是說她交出來的試聽帶有多震古鑠今，主要是試探，看看老東家接不接受孟蟬的回歸。

最差也不過是把曲子賤賣了，最少能得到一筆錢。很幸運的，是最好的狀況，她得到支持。

孟蟬是個天才作曲人。才華洋溢，也是第一個以作曲人身分拿到鶯鳴獎最佳新人的異類。

從她剛上大學就被發掘，簽入唱片龍頭之一的迅音影視就看得出來了。她的確不算很美，卻長得端莊大氣，十足十的正室臉。長相和音質都非常有辨識度，一開始迅音是打算讓她走創作型歌手的才女路線。

但她實在太害羞，台下超過十個人她就hold不住，而且也意不在此。讓迅音待她另眼相看的是，她擁有絕佳的才華和慧眼。

她自己寫的歌曲，也自己尋找她要的嗓子……從來都是天作之合，不曾失手過。

後來她的地位很超然，被戲稱為孟一指。即使是別人寫的歌，她也能一眼就判斷該給誰唱才能契合。

是一種很神祕的直覺。

可以說，她是迅音影視捧在手心呵護的寶貝，甫簽約就享受金牌作曲人的待遇，各種資源傾斜。公司對她簡直縱容到沒邊了，隨便她愛寫什麼風格的曲子就寫什麼風格的曲子，歌王歌后在她面前都別想要大牌，她說什麼是什麼。

無他，迅音影視的大Boss是她頭號粉絲。只要她寫的歌曲，不管出成單曲還是專輯，總裁辦公室就會循環播放一整天，聽到所有員工面有菜色，洗腦到孟蟬新作品出世才會更換曲目。

對總裁這種真愛粉，王毅自嘆不如，只敢稱自己是二號粉。

潛規則？別傻了。迅音影視大Boss是個男同。向來明碼買賣，光明正大的潛想出頭的小鮮肉。所以大Boss會這樣純情的當個小粉絲，粉到孟蟬毀約辭職才曉得……

在許多人眼中是不可思議的事情。

這讓準人瑞也特別無言。

明明拿了一手開了外掛的絕世好牌，明明熱愛並且才華足以凌頂登天。結果為了愛情，人叫妳辭職妳就辭職回家閒閒。

那愛情還是假貨中的假貨，最後還誤了卿卿性命……順便把世界的命給誤了。

找誰說理去。

王毅將她安排在一間很小的單人宿舍，幫她填滿滿冰箱的果凍，氣勢凌人的扔了一份長達十年的合約，條件就比新人好一點，跟以前的金牌約雲泥之別。

準人瑞二話不說就要簽，王毅猛然一抽。「連這種約妳都簽不上了知不知道？」她很凶惡的說，「臨時約加減簽吧！Boss還不知道呢！他最後都粉轉黑了……妳就祈禱他能黑轉路人吧……」

準人瑞訝異了一下，微微一笑，「謝謝。」

在什麼都不確定的情況下，王毅對孟蟬很生氣，還是給她棲身之所。最後大Boss也沒把她掃地出門，讓王毅轉達，先看看市場反應再說，臨時約先頂著吧。

似乎很冷淡，卻默許王毅找公司律師團承接孟蟬的離婚案件。

奇怪的是，一搬到公司宿舍，她的孕吐就不藥而癒了。果然是心理因素啊。

重新錄製單曲，主唱依舊是向瑜。該磨的已經磨破皮了，錄音工作進行得無比順暢。

沒有廣告也沒什麼活動，就只有播音軟體的推薦歌曲閃過兩天。

然後這首風塵味滿滿的〈黑玫瑰〉突然紅了。當週全國排行榜第二十五名，第二週向瑜終於上了個歌唱節目，卻是現場演唱，她那低吟徘徊，既厚重又纖巧的美聲震驚了螢幕裡外的聽眾。

向瑜紅了。接下來的〈廣東花〉、〈苦海女神龍〉、〈恨世間〉……讓她一步步加溫，非常耳目一新（在這個世界而言）的紅翻了，並且榮獲「仇男教主」的渾名。

作為詞曲創作人的準人瑞啞然。呃，好像，大概，首首男人都是渣。

一個不小心就把真我暴露了，真糟糕。準人瑞看著餘額許多的零，異常淡定的想。

其實，在準人瑞搬出來的第一天晚上，宋鴻就發現了，非常不悅的打電話給她。

準人瑞一句廢話也沒有，直接寄了珍藏已久的影片，然後只說了兩個字，「離婚。」就掛掉電話直接將宋鴻拉入拒聽名單了。

接下來是律師嘴炮時間。但是她並沒有將影片交給律師，離婚的原因也只是「性格不合」，算是給彼此留了臉面。

說起來相當簡單粗暴，但是什麼都沒有的準人瑞還是相信當斷不斷必受其亂。

她還是羅清河的時候，訪談過同妻取材。就跟被家暴的妻子差不多，都是一開始優柔寡斷，在還能逃離時沒下足決心，最後深陷泥淖，將自己活成爛泥一灘。

為了面子，為了子女，為了家庭的完整，她們甚至會替不堪的另一半掩飾。把自己逼得半瘋，也壓迫身邊所有人。

她能夠理解孟蟬。畢竟她是個被保護得太好的音樂人，初戀結婚，愛情在她生命中占很重要的地位。她在原版中能夠毅然決然的離婚，是因為她再也不能生育的恨意壓過了一切。

改版中她保住了孩子，她的反抗就不是那麼激烈了吧。但她錯過了最好的時機，後來的掙扎來得太遲了。

……是這樣嗎？

準人瑞總覺得有什麼不對頭，但是原主的魂魄都消失了，無從查問。記憶也缺失了很多細節。

她詢問黑貓，黑貓也無能為力。因為這世界的確有非法的重生者和穿越者。雖然沒有動到重要的主線……畢竟換個影帝影后很難影響到世界存續，但終究讓細節朦朧曖昧了。

所以準人瑞還是決定照自己的心意來，簡單粗暴到底。宋鴻識趣的話，她不妨當個君子——君子報仇三年不晚。不識趣的話，她偶爾也能當當小人——小人報仇是從早到晚。

在生產前就讓他跟律師打打嘴炮吧。準人瑞忙得要死哪有空伺候他。

此間法律相當文明。提出離婚申訴就視同分居，判斷撫養權也以申訴日為準。最好的就是，法律認為提出離婚申訴夫妻感情已經有創傷，所以無須執行夫妻同居義務……感情都破裂了還強行要求同居義務，那不是法律支持婚內強暴嗎？都殖民外太空的文明可不能這麼野蠻。

所以準人瑞非常安心的在迅音影視捨生忘死，並且享受大熊貓般的待遇。

在這個科技昌明的時代，自然懷孕的孕婦已經是瀕臨絕種的生物了。一般的夫妻想要孩子，會直接去醫院的生育中心提精子卵子，需要的時間不到五分鐘，成功率接近百分之百。然後生育中心的人工子宮孕育受精卵，十個月後就能去生育中心抱孩子回來。

公司行號和社區都有完善的育嬰中心，聯邦對兒童是非常看重的。

……所以孟蟬為什麼堅持要自然懷孕呢？原版中她大出血導致再沒有生育能力。但是，頂多損失了子宮，卵巢應該是好好的吧？為什麼連這個都沒有了呢？

「喔，據說是醫療疏失。」黑貓翻閱了原版回答。

「據說？」

「這不是重要劇情線啊……」黑貓咕噥，搜索了半天，他不是很有信心的說，「事後執刀醫師被開除了。但是他之後就出任某個醫藥公司的實驗室主任。那個醫藥公司，宋家占有很大的股份……這不能說明什麼。」

「但說明了宋鴻非常恨她。」準人瑞納悶了。

只是她沒想到最可能的真相送到她面前時，狗血到泰山崩於前不改其色的準人瑞都震驚了。

在迅音影視，狗和宋鴻不能進入。保全也做得很好，閒雜人等無法打擾準人瑞。但是百密一疏，防不到來公幹的楊清。

畢竟人家是來談代言的，迅音總不能把錢往外推。

所以對迅音影視很熟的楊清將準人瑞給堵上了。

忙到要發瘋的準人瑞心情很陰鬱，但還是答應談談，借了個小會議室。跟著她跑前跑後的助理很貼心的倒了一大壺的冰開水過來，細心的將門關上。

「其實我不知道我們有什麼好談的。」準人瑞皺眉。

「小蟬，不要任性了。」楊清很溫柔很心疼的看著她，「回家吧。這段日子阿鴻也不好過。」

……這年頭的男小三改走賢慧隱忍路線嗎？可你不噁心我很噁心啊！

「喂，我成全你們還不行嗎？你們趕緊出櫃趕緊結婚吧。」這時代很開放的啊，同性結婚多元成家都立法一百多年了。近期最紅的電視劇〈薔薇的記憶〉就是兩女同，滿滿的美女，美不勝收，看得人都想彎了。

「妳聽我解釋……」

孟蟬擺手，「省省吧，都跟宋鴻滾床單了還有什麼好解釋的……宋鴻沒把影片給你？不要緊，我寄一份給你……」

楊清一臉失望的看著她，掙扎的下了決心。

然後準人瑞的手機發出提示音，點開一看，是張照片。

男主角沒露臉，但是女主角很顯然是閉著眼睛的孟蟬。這床單滾得熱情似火。

沒露臉又怎麼樣呢？孟蟬跟楊清多熟啊，看身材就知道是誰……絕對不是宋鴻那隻白斬雞。

「我本來不想這麼做的。」楊清歉意的說，「我不想威脅妳，小蟬，原諒我。請把妳的手機給我吧……我們不要互相傷害了。當然也不需要錄音……我們好好談談。」

準人瑞面無表情的將手機遞給他。

拿到手機，楊清關閉了錄音程式，同時將錄音檔刪除，順手也清除了他寄過去的照片，和原本存在的滾床單影片。

面無表情的準人瑞其實內心已經炸膛。

缺失的細節在類似情境的刺激下，加強檢索終於發揮功能，補了改編版的空白。

不要小看隱性完美主義的藝術家。保住了孩子，孟蟬並沒有打消離婚的念頭。畢竟她視若珍寶的愛情摔出了裂痕，說什麼她都不要了。

苦勸無效下，楊清扔出與她有染的證據。她當場就崩潰了。

這胎懷得本來就異常艱辛，精神面又遭受毀滅性打擊。這對一個自尊自愛，純潔的連A片都沒看過的小姑娘實在太殘酷，輕生的念頭都有了。

完全搞不清楚為什麼會發生這種事，楊清又隱約的暗示是酒後亂性，而且還是孟蟬主動的。

她自殺過一次，結果宋鴻和楊清以她精神不穩定為由，將她送到精神科特殊病房，幾乎是將她綁在病床上才能持續懷孕。但也將將滿七個月就早產了。

這些屁話也就騙騙純潔沒有婚前性行為的小女生吧。準人瑞異常感慨。新婚夜將新娘灌得不醒人事。宋鴻睡前的那杯雷打不動的熱牛奶又是抱著什麼居心？孟蟬就沒有一次清醒的滾床單，連跟誰滾都不知道。

這還不算什麼，次次都將孟蟬的眼睛蒙起來啊。

純同娶什麼老婆？督不下去別騙婚啊！還用到迷姦給明顯是雙的攻督……在一旁拍照的時候是不是妒恨交加的打手槍啊？

說變態都侮辱變態了！

「……所以說，你們下藥到牛奶裡，讓我昏迷過去，然後你迷姦我？」準人瑞聲音很冷的問。

「小蟬，妳聽我解釋……」楊清異常痛苦的說。

準人瑞粗暴的打斷他，「你是不是男人?!你下面沒有那根？敢做不敢當嗎?!說，是不是楊清迷姦了孟蟬？」

他閉上眼睛，更痛苦的回答，「是。但我是不得已的……」

「少廢話！」準人瑞喝道，「是不是宋鴻下的迷藥？楊清迷姦孟蟬的時候，宋鴻在旁邊看而且拍照？」

「不要怪他！」楊清撕扯著頭髮，「是我的主意，是我！我不能看著他一無所有……如果他再沒有孩子，宋家就要由他妹妹繼承了！那都是他的心血！我不能讓他因為我的關係一文不名……妳責備我吧，都是我的錯！」

準人瑞深呼吸了幾口，簡直氣笑，「你們真情真是感天動地。」

「……我愛他。」楊清喃喃著，然後爆發了，「但是我也愛妳啊！我無法忍受妳嫁給別人，我不允許！光光想到我就無法忍受……但我也無法放棄阿鴻。我只是，只是想跟你們倆在一起啊！除此之外，我什麼都不要……」

「楊先生，」準人瑞冷笑兩聲，「孟蟬從來不知道這回事。你從來都說只把她當成親妹妹，她就傻傻的將你當成親大哥。誰知道你亂倫起來如此順手。」

總算是，將缺失的細節補全大半。這個世界有兩類人對自然懷孕最看重，同時也重男輕女。

一類是落後貧窮的邊遠地方，不管是沒錢還是迷信，都相信只有自然懷孕才能生出富貴後代，而且更容易生出男孩子。這些貧窮落後的地方棄嬰最多，幾乎都是女嬰。

另一類卻是豪門世家，妥妥的金字塔尖端。既然大部分的財富都集中在這些少數人手裡，自然要講究血統出身，自然懷孕還得自然產，連剖腹產不到出人命都不可以。

生育中心？人工子宮？我輩高貴子孫豈可宛如罐頭般出生？不行！

偏偏吧，此界代孕是非法的，抓得非常嚴格。

於是孟蟬就倒大楣了。智商高基因好，無父無母無依無靠，個性溫順單純好擺佈，更不幸的是，口口聲聲當她親妹妹的學長還他馬的喜歡她，毫不猶豫的將她推了火坑再踏一萬腳。

補全細節也只是一瞬間，楊清看她油鹽不進，不免要化身咆哮教主來動手動腳，奇怪的是總是差一點點就讓她躲過去。

端著那壺冰開水的準人瑞冷笑。的確，她現在的體能破世界新低，但總在幾個世界鍛鍊成鋼。掄不了牆總不能連身法都忘了，那就白瞎好幾世的戰鬥經驗。

若靠走位沒辦法甩脫用禍根子伺候人的男佞，她不如找塊豆腐撞死。

但楊清也不是傻的，看她輕鬆一彎一拐就擺脫，立刻往大門撲過去……迎接了一大波的冰開水。當然也是下意識的一怔一抖，然後準人瑞就這麼走出大門。

大怒的楊清抓住她的肩膀，準人瑞刷的一聲將自己襯衫的兩個釦子崩了，張口就喊，「救命！」

大熊貓地位的孕婦喊救命，這問題可大了。

楊清本來只是被架住，結果準人瑞一問三不知，只是低頭沙啞的說，「……他搶了我的手機。裡頭有我的樂稿……」

然後楊清被按倒掏出準人瑞的手機，順便拳腳吃到飽。

目送楊清被扭送電梯的狼狽，準人瑞心裡陣陣冷笑。就這點智商，還想跟我鬥？也就只能欺負純潔善良的小孟蟬罷了。

誰告訴你錄音只有手機，又誰規定一個人只能有一隻手機？難道她看起來很蠢，和男小三單獨會面，不會先做好萬全準備嗎？

她會耐著性子周旋，難道會是因為無聊？

儲物戒指終於派上用場，兩隻備用手機、三支錄音筆妥妥的全都錄。

我本純良，奈何被逼當小人。準人瑞淡淡的想。勉為其難的小人報仇從早到晚了。

準人瑞帶著錄音檔和影片去找她的律師，看完所有資料的律師表情非常精彩。想來律師是很想繃住專業的表情，可惜裂得一場糊塗。

果然狗血的不要不要的，突破三立加民視的極限。

「我只要離婚，還有婚前財產。」準人瑞說。

「……雖然不建議起訴……刑事起訴，但是民事賠償和其他我有信心能爭取……」

「雖然是旁支，但宋家還是宋家。」準人瑞點點頭，「我只想快快脫離那對狗男男。但是他們若太不識相，哪怕最後敗訴，通姦罪成立，我也要拖著那禽獸一起去坐牢。」

跟律師談妥，她就把那對狗男男放下了。

雖然因此被王毅罵了個狗血淋頭，大Boss也稀有的打電話給她。他們倆都覺得孟蟬太沒出息，大Boss甚至激進的要她不用怕，將他們倆告到底。

準人瑞很感謝，但是並不會這麼做。

現在還是檯面下的小打小鬧，宋家這個龐大豪門不以為意。真把他們家的子孫送入監牢，性質就截然不同了。

封殺孟蟬還是小事，但是這等龐然大物哪會直接找她這小人物的麻煩，他們會直接輾壓迅音影視。

那就太忘恩負義了。

再說，就算迷姦和通姦都成立，最高不過十年徒刑。再有個好律師打打嘴炮，說不定三兩年就出獄了。

這點徒刑連利息都不夠。

真正的利息還是得自己討才行。準人瑞淡淡的嘆息。

此間有個非常風行，類似facebook加上部落格的社交軟體。孟蟬也有一個，但是雜草叢生，粉絲數不到一百。

準人瑞稍微整理了一下，開始玩她的老本行：寫小說。

背景是參考了此間世界古代的架空，大約是她本世界萬國來朝的唐，兩個斷袖男主一個叫做唐鵠，一個叫做柳澈。女主角呢，叫做孔知曉。

故事內容吧，就是唐鵠和柳澈相知相愛，迫於傳宗接代的壓力，寒門的柳澈將他私心愛慕的小師妹孔知曉騙予世家子弟的唐鵠為妻的故事。

不過這故事，是孔知曉觀點。講白了，就是孟蟬倒楣過程的渲染加強版。

一開始，反應平平。幾章過後，準人瑞放上了「主題曲」。是當初錄〈紅燈酒館〉時，她親手彈琵琶的音軌重新製作的。

之所以當初沒用上，就是琵琶太出色，將主唱壓得黯淡無光才棄而不用。想想也是的，琴娘時代她彈的是什麼？靈器無弦琵琶。用的是什麼？是心弦。

這已經超越技巧樂理了，完全是修仙者的心境，哪有凡人的歌聲能合得上？

事實上放出來當主題曲，對完全往科技發展的凡人也太過了。

那種紅塵凡世飄零，不是紅顏亦命薄，才華洋溢卻被暴雨無情擊打，緊緊壓抑的悲愴感……讓人哭不出來，噎著半口淚的悶……

只有劇情才能點燃淚點，非常的浪費面紙。

老本行嘛，足足寫了七十五年，準人瑞能差？被主題曲吸引來的讀者很快沉溺到劇情中，看著知曉的純潔和孤高，一步步落入泥淖，上天無路求助無門，讀者只能隨著主題曲同聲一哭……順便把那對狗男男罵到翻過去，恨不得衝進故事裡將兩個綁起來碎屍萬段。

準人瑞還打算慢火炮制呢，結果大Boss按捺不住的留言了。他不但點讚還閒閒的說，「其實一個姓宋，一個姓楊。多的我就不說了。心疼我家小孟。」

這條留言的「讚」蹭蹭蹭的狂飆了近千個讚。

三千大世界最強的搜尋功能其實叫做人肉搜尋。尤其是線索這麼多的伏筆。

於是有人發現了，主題曲的作曲人和彈奏者都是孟嬋……正是仇男教主向瑜的作曲人兼音樂製作人。孟嬋雖然不算圈內人，但是當初她結婚後毀約辭職還是上過娛樂版的，想要找到她和誰結婚也不困難。

宋大總裁形影不離的「好哥們」就是那麼巧，姓楊呢。孟嬋的校友也出面證實，楊清和孟嬋好的跟閨蜜一樣，卻是很純情的學長學妹關係。

再多的紛紛擾擾，孟嬋連一句話也沒有說，只是寫她的小說，日更三千字，一個月就寫完了……第一部。

第一部的結局是她在好友和老闆的幫助下，身心傷痕累累的掙命出後宅。在破落狹窄的小屋，咬著黃楊木條，掙扎了十幾個小時生下了一個女兒。

望著窗外的月，她虛弱的說，「女兒好。女兒……太好。女兒不能傳宗接代，不會被搶……」

她笑，笑得宛如少女時的孤傲和純潔，卻只是最後青春的餘韻。同時她也哭，泣別了曾經美好完整的自己。

第一部完，哀鴻遍野。讀者淚流成河……激進的讀者甚至衝去楊清和宋鴻的社交軟體留言破口大罵，公司留言版同樣遭殃。

相信那兩狗男男有很多話想對孟蟬說，但準人瑞會理他們嗎？別傻了。她的手機早就拒接所有陌生來電。

據律師說，宋先生的情緒有點激動。至於楊先生？收到錄音檔後就沉寂了。讓她不用擔心，一切都在掌控中。

準人瑞點點頭，「我想也是。」

最後宋鴻當機立斷認栽，同意離婚，卻拒不歸還婚前財產……因為孟蟬簽過一個要命的婚前協議。一旦離婚只能淨身出戶。

不得不說宋鴻的腦袋還算清楚。一旦對簿公堂，不管結果如何，孟蟬什麼都沒有，定要撞個魚死網破，就算硬把官司打贏了，將她送入監獄，法院還是會判離婚。她再不管不顧的往網路一放……宋鴻和楊清的名聲全毀了。

畢竟實在是太噁心。

現在雖然也被孟蟬的小說噁心個不輕，終究沒有指名道姓。臉皮厚著也過去了。

拿到離婚同意書，準人瑞大大的鬆了口氣，但是緊繃太久的人實在不該輕易鬆那口氣……她直接昏迷在錄音室了。

體質非常孱弱的孟蟬，因為妊娠高血壓直接送醫院。

結果百花齊放，妊娠常見病全冒出來了。

等準人瑞再次睜開眼睛，大Boss異常嚴肅的坐在床頭的椅子上，削一個此界非常昂貴的蘋果。她敢肯定那個蘋果沒辦法滾……體積損失了三分之一的不規則多面體真的滾不起來。

大Boss姓宮名國蘭，據說也是世家子弟……擺譜起來跟宋家本家能平起平坐。準人瑞很費力的搞清楚豪門到底是哪個階級……大約是紅樓夢裡四王八公那種地位。

但是宮家遇過大難，幾代傳承下來剩下大Boss一個，他還是個同，不但很早就出櫃了，還放話不願意收養孩子。

不過他還真不像個世家子弟。

現在的審美是花美男系列，在健身房揮汗如雨練出來的肌肉只是裝飾用。可大Boss反其道而行，沒有刻意在健身房死泡卻魁梧得要命，有點阿諾史瓦辛格的身材……可他卻長了一張生撕活人殺人犯的臉。

走在路上能嚇哭所有小孩和若干大人，所以長年帶著墨鏡……目光實在嚇殺人。

這樣的大Boss居然是孟蟬的腦殘粉，並且腦殘粉的異常羞澀。進公司好幾年只見過孟蟬四次。

準人瑞不懂粉絲詭異的心理活動。

大Boss洗了削好的（？）蘋果過來，看她睜開眼睛還微微驚了一下。無言對視，他一臉凶惡的說，「妳以為妳是展示平台？需要展示妊娠期所有疾病？妳居然連牙齦炎都包了！」

……這風格跟王毅如出一轍。

「大概是高血壓、糖尿病、牙齦炎……應該沒有多的吧？難道尿毒也有了？」準人瑞不太確定，「應該沒有吧。」

大Boss面目更猙獰，卻沒有再說什麼，只是把蘋果遞給她。

好沙的蘋果。她真寧願吃果凍。

「我什麼時候可以出院？」準人瑞雖然難受，但覺得問題不大。「專輯只做了一半……」

大Boss摔門出去了。

「羅，我都覺得妳有點欠揍了。」黑貓憂心忡忡的看著她，「孩子差點卸載了。」

「其實卸載了說不定比較好。」準人瑞冷酷的說。

「……羅！」黑貓語氣嚴厲。

「我知道我知道。」準人瑞嘆氣，「要保住她。但是這點孟蟬比我強，強得太多。明明她承受不住與人有染的污穢感，恨楊清恨得想殺死他，她卻不曾遷怒過，而且耗盡魂魄也想救自己女兒。」

「我不行。我會遷怒。還知道這個女兒是個白眼狼。好吧，我是成熟的大人，所以我會克制。」

她疲憊的閉上眼睛，頭痛欲裂，胸口像是壓了大石頭，心跳淺快，呼吸不順暢。自從孕吐結束後，種種病痛加身。就她而言，不像是懷孕，而是肚子有個惡性腫瘤。搶一切所能搶的營養和生機，並且因為頻尿而失眠。

懷孕將近八個月，孟蟬骨瘦如柴，只有肚子大到不行。

「玄，你知道我的本世界有部漫畫叫做《寄生獸》嗎？當中有個偽裝成女教師的寄生獸懷了人類的孩子。我覺得……我有點理解她的心情。那種冷漠的心情。」

黑貓花了點時間去搜尋，幾秒後默然無語。

「……這個任務的困難點之一就在此。」黑貓又沉默了，「其實，只要能不虐待她，給吃給喝給教育到成年就好了。別太完美主義了。這只是附加條件，任務還是最重要。」

「我沒事。」準人瑞微微一笑，是種令人膽寒、危險的笑容，「我向來擅長轉介壓力。」

沒想到大Boss又一次衝來她的病房……她都快出院了。

「為什麼有好事妳想不到公司?!」宮國蘭痛心疾首的說，「說！《問蒼天》妳是不是要給林氏電影?!」

準人瑞愣了一下，才想起《問蒼天》就是她寫的那部小說。她一直都是書名廢物。

「只是在電話裡談了一下下。」

宮國蘭暴跳，「公司待妳不好嗎?!而且這劇本給林氏糟蹋了呀，拍成電影那兩個小時能演出什麼來……」

「林氏打算拍電視劇。」準人瑞友善提醒，「老闆，咱們迅音是歌星偶像為主……」

「我們是影視公司！想拍隨時可以拍！媽的，我非挑兩個最像的男主不可……」

準人瑞笑了。英雄所見略同。

只是小說哪裡夠啊，當然是要拍成電視劇，然後吸引娛樂記者來深度挖掘。

她說過，這次她就是要當個小人，來個從早到晚。

「那就麻煩你了，老闆。」她愉快的說，「放心，我給你幹活三十年，幫你賺很多很多的錢。」

大Boss宮國蘭說幹就幹，他本質就是個果決的人。

招集編劇團不算難，原著擺在那兒，打鐵趁熱想上趕的編劇不少，第一時間就解決了。

真正讓宮國蘭碰壁的是導演和劇組。畢竟歌唱圈和影視圈壁壘分明，影視圈利益早分割妥當，誰樂意隔壁圈的龍頭來分一杯羹啊？分習慣來整鍋端找誰哭去？

被推諉到最後，宮國蘭怒了。

難道老子打下大片江山二十年，還自製不了一部電視劇？老子就不信這個邪！

於是憤怒的大Boss往迅音影視發出號召令，真把班底湊出來了，連角色都是公司內海選出來的……真讓他找到了兩個神似宋鴻和楊清的男主。

只有女主實在太重要，重金禮聘了個有才有貌有演技，去年和影視獎擦肩而過的演技派女星上了。

導演吧，是迅音當家的……MV導演。以畫面亮麗著名，別人怎麼想不知道，總之大Boss非常有信心。

選擇的方式是隨拍隨播。一週黃金檔上一次。坦白說，這拼裝車似的陣容除了宮國蘭，真沒誰有信心。最後除了迅音網路頻道以外，只有一家地方電視台給了時段。

恐怕連回本都回不了。

一直進出醫院的準人瑞卻毫不擔心。縱橫歌壇二十年，造星無數的宮國蘭，怎麼可能打沒把握的仗。

頭天開播的時候，準人瑞緊急送入產房。

倒是保胎保到將近足月了，但是孟蟬的健康如江河日下，終於到不得不剖腹產的地步。

在手術台上，孟蟬的心跳和呼吸停止了。

準人瑞知道，孟蟬是死了。因為她幾乎被排斥出屍體之外。完了。

其實大道之初給執行者許多外掛……制式外掛。如果不是這些外掛，根本不可能一身雙魂的留存在肉體中，也不可能三千世界宛如恆河沙般的語言都能自動翻譯使用。

但是制式外掛不是萬能的。遭受到致命重創還是會死的……原身的肉體會死，導致任務失敗。

任務失敗的後果非常沉重。或許有些可以另派執行者補救，但有些不能。

例如準人瑞此刻正在執行的任務。想到後果準人瑞幾乎喘不過氣來……雖然她已經不喘氣了。

她瘋狂的抵禦死亡強大的排斥之力，若不是她曾在琴娘的世界新增靈魂的知識和感悟，分分鐘被割成碎片。可即使如此，她的靈魂還是受到不可磨滅的重創，隨著每一秒受創一分。

就在連記憶和心性都要被碾碎的那一刻，她聽到了蟬的鳴叫聲。

既陌生又熟悉。在將近粉碎的極致痛苦中，她聆聽。因此多堅持了幾秒。

就在這個生死關頭，臍帶被剪斷了。沉寂已久的健康屬性回歸，死亡了幾分鐘的孟蟬猛然的喘了一口大氣，心跳和呼吸雖然紊亂，但總算是恢復生機。

準人瑞沒有辦法的昏過去了。倒不是麻醉的關係。而是這具被死亡侵襲過的身體，生機枯竭。她能撐住沒斷氣，還是健康屬性給她留了頭髮絲那麼丁點的血皮。

所以她不知道〈問蒼天〉首播一炮雙響。地方電視台開出十年來的新紀錄，迅音網路頻道流量被擠爆癱瘓了。

雖然有原著之功，但是大Boss就是大Boss，那眼光哪是愚蠢的凡人可比。

拍了十幾年MV的當家導演非同凡響，色澤飽滿豔麗，光彩奪人，每個畫面都如詩如畫，更把諸俊男美女拍得美不勝收，徹底執行了「顏即正義」的準則。

也沒有刻意打壓唐鵠和柳澈，不容世俗的愛情也曾經純淨熾熱，一轉眸，一勾指間，也讓人心盪神馳。

同樣在陶大家手下學習樂理的柳澈和小師妹孔知曉，也曾相對談笑，琴蕭和鳴。

一切美得像是夢。就因為曾經有這樣美麗如夢的過往，彰顯出之後的背叛和踐踏更不堪、更悲劇。

〈問蒼天〉成功了。但是宮國蘭的心情卻非常惡劣。

醫院發出病危通知書，他扔下一屋子人衝去。好在他到的時候，孟蟬活著被推出來。但是狀態很糟糕，聽說器官有不同程度的衰竭。

他隔著玻璃看著孟蟬拚命生下來的女嬰，心情很複雜。

拿出手機，他在〈問蒼天〉的留言版留了一句，「知曉生下一女。曾經發出病危通知書。」

他畢竟是迅音影視總裁。員工一定會賣他面子點讚，帶著歌手在國外開演唱會的王毅不但點讚還祝唐柳一起爛XX。

宮國蘭笑了一下。

「妳媽如果好好的，妳才會好。」他對著玻璃那頭的女嬰嘆氣，「妳媽不好……誰也別想好了。」

回去後宮國蘭越想越氣，真的打算「誰也別想好」了。

他能半點根基也沒有，徒手打造迅音影視，就憑他賊準的眼光和一手翻雲覆雨的

「文宣戰」。

文宣戰更是重中之重。

只是近幾年麾下鍛鍊出來了，他也放手省點心，不再親自規劃文宣戰。但那對狗東西實在太噁心人，給男同抹黑了。

他是絕對不會承認是個腦殘粉。更不會承認他心疼自家愛豆。

大Boss親自操刀的文宣戰，從來不請水軍，也不栽贓抹黑。這種手段太low了。出言必是真相，也絕對不會觸犯法律被告，太多灰色地帶能夠操作了。

隨著〈問蒼天〉劇情逐漸推進，觀眾握著手帕揪心，看著美好的小姑娘孔知曉在洞房花燭夜被迷姦卻不自知，對丈夫的冷淡手足無措、黯然神傷……幾乎要搖晃螢幕大吼被騙了啊被騙了啊！姑娘妳太慘！

這時候〈問蒼天〉的留言版幽幽的發出一篇爆料文，也不指名道姓，純粹用甲某乙某當代號。文主自言是個律師事務所打雜的，意外聽聞了和〈問蒼天〉相似度百分之九十的事情。然後替飾演唐鵠和柳澈的兩個演員抱不平，據說他倆被寄刀片，可真正的那兩狗東西還逍遙自在、雙宿雙飛……

小說讀者畢竟只有一小部分，比起電視劇觀眾數量差得太遠。雖然這個爆料文有炒冷飯之嫌，但對沒看過原著的電視觀眾還是相當新鮮。

誰知道媒體也來插一腳。這回娛樂記者超級刁鑽，A報說疑似宋某，B週刊講是X鴻，將幾份報紙週刊拼在一起，什麼都知道了。

現實和電視劇雙軌同步啊！觀眾當場就炸鍋了。

宋鴻和楊清很是過了一把名人的癮。

雖然花了不少錢，公關也得力，總算是硬將媒體壓下去，但是能夠管到自由奔放的網路嗎？隨著〈問蒼天〉越來越紅，儼然國民電視劇的地步，宋鴻和楊清的日子越來越不好過了。

不管走到哪裡，都被探照燈似的目光掃射。宋鴻和楊清走得近點都有人竊竊私語，時不時就會被偷拍貼上網路。

在楊清上門給人送錄音機會，他們倆就已經大吵一架，隨著〈問蒼天〉的走紅，外界的壓力更加重了衝突。

宋鴻聽過錄音後，更是妒恨傷心，差點就跟楊清分手。最後還是楊清淋著大雨賣苦肉計才言歸於好。

但是懷疑的種子一種下，再也無法回復原本的完整信任。

宋鴻會答應離婚，不僅僅是影片和錄音，而是他懷疑楊清的真愛其實是孟嬋。凡事都經不起推敲，越推敲越難以忍受。離婚！再不給楊清跟那女人有機會相處。

不就是孩子？是個女人就會生。想給他生孩子的女人多的是！這次他要身體力行，藉助藥物也無所謂，絕對不讓楊清和別的女人有肌膚之親！

他是想得滿好的，誰知道遇到不爽的宮國蘭。更沒想到宮國蘭的文宣戰如此細緻隱約，潤物無聲。不光光是媒體和網路興風作浪，順便在首都耳語八卦。

嫁入豪門是挺好的……但是嫁入豪門要先把婚前財產交出來，還得簽個婚前協議，日後離婚得淨身出戶。然後被丈夫的情人迷姦懷孕，還不能喊救命咧。

郎客啊，這種虧到死的買賣誰肯做啊?!

宋鴻的標準一降再降，最後甚至和一對女同伴侶協議，最終還是讓宮國蘭搞破壞。一知道宋鴻就是〈問蒼天〉那個唐鵠，那對女同嚇得換了手機號碼又搬家。

準人瑞住院兩個月，大Boss已經搶著把她想幹的事情都幹完了。

「妳什麼都不用幹，」宮國蘭滿懷戾氣的說，「妳最需要做的就是把身體養好，然後替我幹活三十年，幫我賺很多的錢。」

準人瑞只能乾笑兩聲。

真不習慣。

她早就習慣自己披荊斬棘，做別人的依靠。不知道幾百年前就死了依賴別人的心。終究還是自己的一雙手最好，別人的手再厚實，說抽就抽，靠不住反而只會跌跤。

真不懂粉絲這種毫無來由的犧牲奉獻啊。

其實準人瑞不太在乎那對狗男男了。既然出過氣了，幹嘛還在心裡留著兩堆穢物。

雖然此界坐月子早就成了歷史塵埃，準人瑞卻不得不做滿兩個月的月子。

這次可以說已經進了鬼門關硬闖回來的。肉體死過一回，靈魂受創甚深。前十天半昏半醒，後來還有記憶短暫喪失、頭痛等等後遺症。

若不是健康屬性持續運作，她真能死個十回八回。

改編版裡，孟蟬早產說不定救了她一命。的確對孩子不好卻對她好了。準人瑞硬把孩子保到近滿月，對孩子好卻對她非常不好。

畢竟科學再昌明，也無法改變母子血脈相連的事實。到後期幾乎不能用藥，妊娠症候群都是靠自己死扛過去的。

她沒爆掉腦血管、弄到洗腎的地步，真是託了老天爺的福。

但是等她略好些，堅強的像是花崗岩的準人瑞差點珠淚暗彈。

首先，此界的中醫早消失在歷史長河中。這代表藥材別想去中藥行買……早沒中藥行了。想在諸多植物中炮製出藥材，並且湊齊培元丹的材料……這工程太大，大到差不多要復辟中醫。

……恐怕她沒有那麼多時間。

第二，孟蟬是絕脈。

不是經脈壅塞或微小畸形……而是，全體經脈都極度細小脆弱，行完周天就可以直接辦喪事了。

黑貓直到她產後情況穩定才敢告訴她這個悲哀的事實。

準人瑞直接一口血噴在黑貓臉上。

怒極吐血的準人瑞消沉了幾天，很快又恢復過來。

扣除武俠世界和仙俠世界，有內力的人是極少數，沒有才是正常的。瞧吧，沒內力的流氓想揍人還不是揍得滿地找牙，沒內力的將軍想砍人還不是十七八段。

沒內力的準人瑞如此嬌弱，還不是想將黑貓怎麼掄牆就怎麼掄牆。

將黑貓擼壁後，準人瑞就心平氣和了。

無雙譜又不是只有無雙心法……雖然沒了心法，其他都是花架子。但是在此界普遍羸弱絕無內力的弱雞中，費個一、兩年鍛鍊，她這花架子頗可鶴立雞群。

現在她有時間了。

是的，跟上個琴娘世界相比，這個小千科技世界的人羸弱得不像話……甚至比本世界還脆弱些。

所以不自己生孩子，反而交給生育中心……其實就是母體太弱，超高科技發展也拯救不了的無奈之舉。

人類有進化當然也有退化啊……

孟蟬畢竟死過，肉體生機枯竭，內臟衰弱。準人瑞的靈魂受了重傷，附帶嚴重記憶衰退。她連前夫的名字都忘了……本來想拿來當第二部的壞人名字，結果足足想了兩天半才想起來。

但是沒辦法，都是自己的錯。她意氣用事又驕傲自大，沒作好健康管理。知道不能依賴金手指，卻過度依賴技能。

她承認，實在太不想要那白眼狼了，所以有意無意的忽視健康。

看著一無所知打呵欠的小嬰兒，準人瑞無聲的嘆氣。

準則一，維護種族延續。準則二，保護自我生存。

她默念兩大準則。眼神慢慢堅定起來。

一開始很艱難，下床走動簡直要死了，肚子上那條疤疼得要命，內臟通通往下墜，就沒有一個地方好。冷汗吧，那是一層層疊加。

但是健康屬性就是那麼神祕。躺著不動血條自動恢復的速度令人髮指。可是有適當的運動……不管是修煉心法還是身體運動，都能提高健康屬性。

熬了幾天，遲遲不肯癒合的手術疤終於收口了。她的活動範圍終於從病房擴展到整個樓層，最後能到空中花園散步，快走，最後能繞著花園慢跑了。

運動時她習慣聽音樂。孟蟬時期的音樂。

耽誤這麼長時間，準人瑞實在很不安。她最討厭欠人情債，可現在欠到無力償還的地步了。她只想著趕緊痊癒出院，然後投入工作。她答應Boss替他賺很多很多的錢。

這個半抄襲的布袋戲那卡西風是投機取巧，勉強有個婚變大受刺激的解釋。但是每個作曲人的風格其實是一脈相承有跡可循的。就算不想走孟蟬空靈縹緲新世紀風，但也不能一無所知毫無延續吧？

等她可以慢跑的時候，她才發現不對勁。

孟蟬的每一首歌，都有非常細微隱約的蟬鳴。表面上看起來是巧合，不過是數種音軌合併的巧合，而且微不可察。

但是每首都是巧合？

更奇怪的是，她能「聽」到，蟬鳴的情緒。每首歌的蟬鳴都暗合當中的喜怒哀樂。她後來翻出自己所寫的布袋戲那卡西風的幾首歌，瞠目發現每首歌也有哀戚的蟬鳴。

……什麼鬼？

空中花園有一隻蟬在高鳴，喜悅得快爆炸了。

「別隱身了，還以為別人看不見呢。」準人瑞對著黑貓說，「那隻蟬的情緒，你能掃描嗎？」

被擼壁就隱身和準人瑞冷戰的黑貓很悶。人生再也沒有比冷戰結果對方根本不用你更討厭的事。

「高興得快死了。」黑貓冷冷的回答。

「因為牠找到交配對象了。」準人瑞臉都綠了，「問題是，我……孟蟬是怎麼會『聽』到的？」

「……雖然罕見，但這是種無傷大雅的天賦。」黑貓困惑。

「孟蟬半個世紀後的異能，到底是什麼？和這種天賦有沒有關係？」

黑貓沉默，沉默，再沉默。

準人瑞原本平靜的怒火也一點一點的高漲起來。她翻閱檔案和記憶只知道與音樂有關，最該死的就是關鍵記憶缺失。

「我不知道。」黑貓惱羞成怒，「怪我幹嘛啊?!要怪就怪那兩個野生的重生者和穿越者啊！都是他們害的，擾亂了時空，遮蔽了部分檔案……嗷！」

準人瑞把運動飲料砸在黑貓腦門，怒氣三千丈的走人了。

原來，真正的考驗不在狗男男和生死關上面。而是半世紀後一問三不知的蟲族來襲。

這回準人瑞覺得自己必定會被坑死。

很快的，準人瑞再也沒有心情考慮半個世紀後會怎麼被坑死……因為她現在就要被坑死了。

抱著孩子出院後，帶孩子不算事兒……本來應該不算。公司附近有育嬰中心，朝九晚五。只要再雇個保姆接送，在她回家之前照顧一下。王毅忙得快飛天，還是幫她將住處租好並且雇了可靠的保姆。

新住處離公司很近，步行十五分鐘就到了，一切看起來好像沒有問題。

……問題可大著呢。

在育嬰中心，取名為孟燕的女嬰是人人眼中的小天使。在保姆懷裡，小燕燕是個乖乖的小甜甜。

等準人瑞接手，她立刻氣貫丹田的聲嘶力竭。

沒尿沒拉肚子不餓不冷也不熱。單純想練肺活量而已。

準人瑞默誦著兩大原則才沒將孟燕掄在牆上。

掃描完狀態的黑貓一臉訕訕的跟在她後面。

好歹吧，準人瑞也帶過無數子孫，有的真的是小混蛋，卻沒有難倒她，還不是養得服服貼貼。

很快的，她知道錯了。孟燕不是小混蛋，她是個小惡魔。

白天的工作非常繁忙。休了這麼久的假，向瑜的專輯快跳票了，向瑜哭著想來她家上吊。〈問蒼天〉第一季快播完了，要出精裝版，大Boss要她重新配樂一下好撈一波錢。今年的新作要開始構思了，有幾部電影上門想做電影配樂。

《問蒼天》第二部再不出，讀者要暴動，觀眾已經寄出上打的刀片了。

行程表她不敢翻頁。第一頁就夠嗆了。

但是華燈初上，保姆下班，小惡魔開始發出刺破耳膜的嬰啼了。她試過一切的方法，除了抱著滿室轉圈可以讓她閉嘴，連抱著坐下都不允許。

好不容易轉圈到她睡著了。剛剛將她放在嬰兒床上，她就開始該了，淒慘無比，好像挨了慘無人道的家暴。

精疲力盡、嚴重失眠的第五天，身心都瀕臨極限的準人瑞，終於化身為修羅。

她輕輕的將哭嚎不已的孟燕放在嬰兒床上，面無表情的靠近耳邊，平靜而冷酷的說，「閉嘴。」

開著燈的室內像是蒙了一層霧似的暗了下來，無聲的蟬聲高亢，震耳欲聾。

原來蟬鳴也能這麼冷厲，帶著濃重的死亡陰影。

孟燕哽咽了兩聲，閉上眼睛，沒一會兒就睡熟了。

旁觀的黑貓這時候才敢倒抽一口冷氣。他看到啥了？那是啥？不要告訴我那是「領域」。

但是他不敢吵醒趴在嬰兒床邊睡著的準人瑞。將她坑得越慘，她就越可怕。現在已經是太可怕了啊。

「領域？」第二天醒來的準人瑞一臉迷惘，「什麼鬼？」

「就是。」黑貓語塞，「妳能控制一小段空間、時間，一切都由妳作主。」

「……玄尊者。」準人瑞的語氣很疲倦，「我不知道您這種地位的人也會發高燒。

還是昨夜做夢沒睡醒？別鬧，我要遲到了。」

「據說最初的小千世界是由領域得到機緣才漸漸成核、成形。」

準人瑞一手抱著嬰兒，一手提著奶粉、奶瓶等的手提袋，無奈的看著黑貓，「那又怎麼樣？跟我的任務能有關係？沒關係就別扯淡吧……閉嘴。」她輕喝又開始哼哼的孟燕，對著黑貓發牢騷，「其實嬰幼兒跟動物真的很像。威脅重到一定程度就識時務了。」

……這種教育方式真的好嗎？

但這一日註定是準人瑞異常不爽的一天。

爭分奪秒趕上班的時候，楊清在育嬰中心門前攔下她。一臉痛苦的深情。

「小蟬！」他欣喜若狂的伸手，「這、這……她就是我的女兒吧……」

手提袋掉在地上。因為不扔了手提袋她就空不出手來。

準人瑞一個正拳揍在楊清無恥的眼眶上，讓他原地轉了兩圈才倒下。

「媽的，我真的要遲到了。」她將孟燕塞在來門口看熱鬧的育嬰老師手裡，俯身撿起手提袋，「她的奶粉、尿布、衣服、圍兜兜……都在這兒。」

楊清終於爬起來，晃了晃頭，「小蟬妳聽我說……噉！」

準人瑞穿著高跟鞋的腳正中紅心，可惜沒有碎蛋。但是圍觀的男性都下意識的將腿夾緊。

「擋路，死開！」她充滿戾氣掃除障礙，健步如飛的跑向訊音影視。

看著捂著下體滿地亂滾的楊清。黑貓覺得自己也有點，淡淡的蛋疼。

千趕萬趕，最後電梯塞車，準人瑞還是遲到了。

王毅面籠暴風雪異常可怕的指著牆上的鐘咆哮，「全世界都在等妳開會！」

準人瑞情緒非常惡劣，也異常憔悴，「抱歉，有條狗攔路。」

「……啊？」

「可惜沒將他踢出半身不遂。」對於如此嬌弱的自己，準人瑞也很不滿。

「哈？」

終究王毅很忙，非常忙。作為迅音王牌經紀人，她手下六個歌星，當中兩王兩后。

她早想踢幾個掉，可誰願意放棄這條金大腿。

開會也是擠著時間的，不能浪費在罵人上。

等折騰完，之後專輯的錄製也不是太順利。所有人煩躁不堪，準人瑞果斷喊休息。坐著就想睡，可見她這幾天失眠的多嚴重。

準人瑞起身走走。這個錄音室常備著許多樂器。雖然說這個科技世界於她來說架得很空，但是有些樂器還是很接近的。比方說琵琶，比方說古琴，還有塤。

琵琶好像對這世界太過火了。古琴會好一點嗎？

其實古琴她不是那麼擅長。指法和技巧還是咸池真君指點的。一開始生澀，然後漸漸嫻熟。這首曲子倒不是抄襲，是她自己做的，名為〈悲秋扇〉。是她和琴娘結伴行走天涯時，看到一個凡婦被丈夫休棄趕出家門。可那個渣男靠老婆嫁妝起家，岳父過世財產壓榨乾淨就休妻。

秋扇見捐。

心有所感，她寫了這首琴曲。

心境夠了，指力不足。聽起來還是欠了點味道……那種戮心的悲愴。

準人瑞不大滿意，回頭一看，滿室吞聲嚎啕。男人還只是流淚，女人真要哭厥過去了。

……結果古琴沒有比較好嗎？

向瑜哭得一抽一抽，破破碎碎的問，這是〈問蒼天〉的配樂嗎？

起初準人瑞不想這麼做。撇開孟蟬那種神祕的天賦，琴娘世界的音樂對此界而言不只是過火而已。

但是最後她還只是笑而不答。

她承認，她是個小心眼，毫無寬恕精神，對仇恨的計算向來是高利貸的九出十三歸。

本來她都快把那對狗男男忘了，誰讓楊清又湊上來惹毛她。

一個迷姦犯真好意思上來喊女兒。

其實這一季的〈問蒼天〉只有十二集，也快播完了。哪怕有重播，熱度也漸漸下降，總有更多更新鮮的八卦覆蓋過去，那對狗男男既不是天仙，又不是天王，誰能一直記得他們的破事啊？

既然冒出來刷存在感，那如你所願。

她不但重新製作了電視劇配樂，還親自彈奏編制。事實上完全勝之不武，用修仙者的準仙樂欺負一班凡人。但是這麼配樂之後，原本就狗血的電視劇，一整個精緻大方上檔次了，逼人浪費更多的淚水和面紙。

精裝版電視劇發售，附贈電視配樂原聲帶。當然也能付費下載單曲，更勝之不武的是，頭週空降排行榜第一名的是〈悲秋扇〉。

但準人瑞會這麼隱約婉轉嗎？別傻了。

自從〈問蒼天〉開播，有股非主流互咬，就是「問蒼天是否恐同？」

總有人喜歡自覺「眾人皆醉我獨醒」。準人瑞完全理解。

理解歸理解，但也不會因此手軟。

精裝版電視劇發售，準人瑞親自下海駁斥，問蒼天絕非恐同。整個劇情跟同不同性戀一點關係也沒有，而是對神聖婚姻的踐踏，對守貞者的蹂躪……種種罪行的責問。

同性戀不是不死金牌，只要拉上這標籤就人人溫儉恭良讓，就像愛情也沒有神聖不可侵犯到能犧牲別人的人生。

同樣是男同，號稱溫文儒雅才子的唐柳幹出什麼噁心事，風流不羈的老闆卻伸手救了一個跟他沒什麼大關係的女人。

謹此問蒼天。

…………

總之，準人瑞好幾百年未曾一戰，一旦重披戰甲寶刀未老。嘴炮起來引經據典不帶髒字，一開口就是地圖炮等級，而且附帶核彈頭。

她都動了，大Boss哪會惜手勞。帶著整個公關部門一湧而上，原本沉寂的留言版又熱鬧起來，路人也來補刀，正是準人瑞看起來碎蛋事實上沒有碎蛋那一腿的照片。

最後還是準人瑞開寫第二部，唐柳的戲分大減，才慢慢平息。

看起來似乎沒什麼，不過是些流言和八卦。

可恭喜宋鴻一勞永逸，再不用煩惱不想督女人的問題了。

宋家家主更易，新任家主正是宋鴻的妹妹。

收到一張房產證明書準人瑞還傻眼。離迅音影視很近的房價……坦白說，她的存款餘額已經有很多零，而房產是個兩房一廳雙衛一廚的格局，不大，但是她的存款連廁所都買不起。

本來要推卻，直到她知道不是粉絲的愛，這個宋女士正是宋鴻的親妹子。

她心安理得的收下了。

雖然天上掉下一棟房子，地段是黃金等級，保全更是鑽石等級……管理費自然非常貴族。總要裝潢買傢具，再加上地球聯邦萬萬稅。

準人瑞的存款以一種一洩千里的速度瘋狂縮水。

這個已經移民外太空的世界，地球表面上還保持各國的獨立，維持獨特的傳統特色，事實上已經統一在聯邦之下了。

通用語言統一、貨幣統一，軍隊其實也統一收攏在聯邦政府手裡。聯邦政府所在地居然在北極，頭回知道的時候，準人瑞超詫異的。

聯邦政府沒有什麼不好，法律周延、社會福利完善……唯一的缺點就是稅金他馬的重，賺得越多越重，監控得異常嚴格，一毛稅都別想逃。這導致了大部分的家庭都是雙薪才能維持，準人瑞還以為自己很會賺錢呢……

當她花了五千塊只能買堪堪一天食用的天然食物，心都灰了半截。一把一千二的菠菜實在太恐怖。只是足足吃了快一年的果凍，她實在是受不了了。更何況，此時的孟燕還在吃奶，將來她可對果凍過敏，非吃天然食物不可。

但是再怎麼精打細算，一個月伙食費起碼十五萬。

最讓人憂傷的是，此界的貨幣值接近新台幣而不是印尼盾……

但生活又不是只有吃。衣呢？行呢？萬萬稅呢……？

其實吧，化纖也沒什麼不好……但是孟燕她對化纖過敏，天然衣物那個價格直讓人生死相許透心涼。行？先押後吧，目前還靠走。萬萬稅就沒皮條了，人家直接往存款扣啊，逃個屁稅。

改編版的孟蟬是怎麼靠十萬養活小孩？難怪她躲著孟燕吃果凍，只夠那小白眼狼吃天然穿天然啊。

準人瑞沒辦法那麼吃苦耐勞。她寧可玩命似的工作，然後舒服的吃穿。

搬新家的時候，焦頭爛額的王毅硬擠出一個晚上賀喬遷之喜。她手下一個天王毫無預兆的跑了，還投了迅音的死對頭，她簡直要氣死順便忙死。

「跟妳當初一樣沒良心，混帳東西！」王毅提了一個超豪華果籃過來，一個小玉西瓜，奢侈得更沒良心。

準人瑞默默接過來，她真不想背這鍋……還不是得將差點噴出來的半口血嚥下去，乖乖將鍋背起來。

「等等老闆要來，妳別提那小混帳。」王毅嘆氣，「問世間情為何物，當中只有蠢兒女。」

……痴兒女。不過也真的蠢才是基調。

「不是包養關係嗎？」準人瑞無奈。銀貨兩訖的關係，頂多是付錢約炮，談情太嚴重。

王毅只是搖頭，瞥見搖籃裡開始哼哼的孟燕，臉孔刷的一聲掛下來，「我絕對不會抱她，千萬不要抱給我。」

準人瑞將孟燕抱起來給她餵水，「我記得妳不討厭小孩。」

「我就是討厭她。」王毅繃起臉，「只要想她那噁心的父親……不遷怒都辦不到。虧妳忍得住！」

「維護種族延續。她究竟是我人族中的幼小。現在她還小聽不懂，以後別在她面前說那種話，不能選擇父母已經是她的不幸了。」

王毅瞪大眼睛，「……我真受不了妳。我受不了你們這群搞藝術的！妳又抽什麼風了？想改行當哲學家？我求妳了，別亂改行！」

準人瑞笑得意味深長，「不，只是兼職。兼職文青。」

難怪有人總是酷愛當文青，促使別人文青過敏原來是這麼有趣。

沒多久，大Boss宮國蘭綳著一張通緝犯的臉來按門鈴，據說會耽擱這麼久是被管理室如臨大敵的盤問和確認身分所致。

他也提了個超級豪華果籃，兩串黃澄澄的香蕉。但是準人瑞想到本世界空手上門也戲稱兩串蕉，不禁噗嗤了一聲。

「幫看一下孩子，我做飯。」

她將孩子往宮國蘭的懷裡一塞，惹得他綳不住的慘叫，「不行！我不會！不要她好軟～～」

準人瑞笑著進了廚房。

此界調味料很全，蔬果米麵種類繁多……唯一的缺點就是貴得令人流淚。不過哭著哭著也就習慣了。

她超級家常的做了個南洋口味的牛肉咖哩，搭配幾枚半熟蛋，細切一盤高麗菜，涼拌小黃瓜，還有一鍋羅宋湯。

如此簡陋的一餐幾乎破萬。

「……討債鬼！」王毅被驚呆了，「代餐吃吃就算了，然後切盤水果就好了。妳會煮個鬼飯？糟蹋糧食啊妳!!」

……這個世界萬般好，就是吃飯令人黯然神傷。是沒有飢荒了……就算是遊民也能分配足夠的果凍。

對不起，她吃不了這種果凍維生的苦。

「總之能入口。」準人瑞擺好菜就把孟燕抱過來。

等她餵飽孟燕又用特殊技巧哄睡了，大Boss和王毅將臉埋在盤子裡，連頭都懶得抬。

幸好她將自己的份藏在廚房裡保溫著。準人瑞淡淡的想。

難得吃撐得如此心滿意足的王毅放空了會兒，豎起英眉窮凶惡極的說，「敢改行當廚子，老娘剁了妳！」

宮國蘭猶豫不決，他也想放狠話，可是又覺得這才能太難得，讓他很難選擇。他名下哪能沒幾家天然餐館？連該聘去哪家都想好了……但是孟孟的歌，放不下。問蒼天第二部呢？才開頭而已，他追得撕心裂肺。

怎麼選？他都不知道如此英明果斷的自己，居然會有選擇困難症。

幸好準人瑞替他選擇了，她收拾了餐桌，將客人讓到客廳，倒上雖然也是奢侈品，價格稍微正常些的葡萄酒，「不會的。給自己做飯就很麻煩了，除了你們，誰配讓我洗手作羹湯呀？」

王毅大悅。宮國蘭面無表情的稍感安慰，這幾天陰鬱得想死的心因此透了幾縷金光。

他們三喝酒擺龍門陣，其實頗無聊。講來講去還不是講公事，偏偏還興致勃勃。王毅一如往常的高談闊論，準人瑞聽多說少，卻都能說在點子上。一時將宮國蘭給忘了……回頭一瞧，大Boss一個人乾掉一瓶葡萄酒。

「……糟了。」有些薄醺的王毅扶額。

宮國蘭嗷嗚一聲狼嚎，哭得一塌糊塗，「為什麼啊？我那麼疼他，疼得都捨不得多弄他！那裡多嬌嫩啊？受了傷多不容易好……我都甘願憋著自己了，他說疼說不要我就算了……可他卻送上門給別人糟蹋！都不得不進直腸科了，還是選別人……我哪不好？王毅，我哪裡不好啊!!」

王毅抿了口葡萄酒，「喔，人家是小白臉你是通緝犯。」

宮國蘭號啕大哭。

準人瑞沉默。沒想到大Boss酒品如此之奇葩……她好像聽到什麼不得了的事情。

「沒事兒，不用在意。」王毅懶懶得揮手，「阿蘭憋狠了，讓他哭哭一會兒。妳說是不是傻？包養還想出真情？高中的時候就告訴他不要看那些ＢＬ小說，比言情還不靠譜。那跟同性戀有個屁關係啊？ＢＬ完全進入奇幻領域啊靠！男男還會生孩子還哺乳哩！不是奇幻是什麼？」

王毅大概也醉了。準人瑞默默的想。

「包養怎麼了？手快有手慢無！不全方位的試試看怎麼知道是不是命中註定？就算

最後結果不好，好歹我擁有過！」宮國蘭滿臉淚痕的喊。

大Boss醉翻了。準人瑞無奈的想。這麼點酒就成醉貓，果然酒入愁腸。

王毅毫不客氣的頂回去，「現在不是求仁得仁？的確曾經擁有啊。這麼沒出息是哪招？」

宮國蘭魁梧的大個子在沙發上縮成一團嚶嚶嚶。

準人瑞覺得自己的眼睛和心靈個別受到一萬點傷害。因為向來非常有氣勢的大Boss委屈的嚶嚶嚶然後睡著了。

「混帳東西，不省心的二貨。」王毅想站起來又跌回沙發上，「我跟他八歲就認識，三十年孽緣，三十！大學還沒畢業就被他死拽著給迅音賣命！朕上輩子誅這牲口九族嗎？得這麼償債？老娘是個無性戀真是老天垂憐……我去拿條毛毯給二貨……」

最後是準人瑞將王毅扶到客房躺下，找了條毛毯給沙發上的大Boss蓋上。

睡著了，面相沒有那麼凶惡，反而一臉傷心的委屈。有點像雪橇三傻的哈士奇。

王毅說得對。準人瑞一面洗碗一面喟嘆。什麼性別都沒有欲望的無性戀，反而是上天的寵兒。

收拾好回房，孟燕哼哼的好像要醒過來。準人瑞替她換了尿布，果然是尿了。在孟燕渴睡又鬧醒要發脾氣的時候，孟蟬的領域蔓延，平靜的蟬聲細細，孟燕的情緒也隨之平靜，又慢慢的睡著了。

到現在還沒發現孟蟬天賦有其他用途。能夠擴展的範圍不過一丈。跟半個世紀後的任務目標到底有沒有關係……毫無頭緒。

果然困難得一片黑的任務啊。

但是現在糾結也太早了。累了一天的準人瑞很快的睡著。想讓魂飛魄散都不怕的祖媽焦慮得夜不成寐……區區一個黑色任務還不夠格。

第二天一頭雞窩的宮國蘭茫然的坐起，差點從沙發上摔下來。聽到笑聲，一轉頭，本來巴咂巴咂吮大拇指的孟燕笑得一臉無邪。

有一會兒宮國蘭不知道自己在哪兒。空氣中充滿食物的香氣。

「老闆醒了？」準人瑞溫和的問候，「客房有全新的盥洗用品。王毅開走了你的車……還記得嗎？」

……好像有這麼回事。這時候才覺得臉上有點疼。

早餐是鹹粥，煎得很漂亮的、嫩嫩的太陽蛋。蒜炒四季豆。蔥拌豆腐。

本來宿醉頭痛沒胃口，這麼稀哩呼嚕兩碗粥下去，什麼都不算事。

飯後有杯西瓜汁，精神都振作起來了。

還是聘她當主廚吧？這樣的手藝不能浪費啊。但是……他也想聽新曲。還有問蒼天第二部怎麼辦呢？

宮國蘭又重新糾結上了。

到底是「忙碌」替宮國蘭拿定了主意。

孟蟬獨有的那卡西風大受歡迎，向瑜被拱上歌壇天后的地位。雖然準人瑞一直覺得閩南語歌曲用此界的漢語或通用語都奇怪到不行，但是公司開會拍定，她也從善如流。

畢竟，即使有孟蟬大部分的記憶，準人瑞還是得承認，音樂天賦差太遠了，她嚴重消化不良，不得不改變風格。

最少那卡西風她辦得到，也非常適合向瑜。

「孟一指」倒是更專精準確。原著小說比吃飯還簡單。

所以她非常忙碌，知人善任的宮國蘭當然不會硬要她去當個廚子，甚至將她升職為音樂製作人。

不過每個月有一、兩天，這三個大忙人會排除萬難。通常是王毅提水果，宮國蘭買菜，跑去孟蟬家蹭吃蹭喝，從早餐吃到晚餐，徹底的休息一天。

比起裝死的王毅，宮國蘭對孟燕更友善，孟燕也特別喜歡他。

五歲的時候，孟燕很認真的問準人瑞，「媽媽，宮叔叔是不是我爸爸？」

準人瑞很淡然的回答，「不是。」

她有點傷心，「那妳會跟他結婚嗎？」

「不會。」

孟燕的眼眶紅了，「……那他永遠不是我爸爸？」

「對。」

孟燕傷心欲絕，哇的一聲哭出來。

準人瑞摸摸她的頭，「撒嬌也是沒有用的。事實上，撒嬌哭泣，是最沒用的事情。」

即使如此，孟燕還是努力了。準人瑞也沒有阻止。她從來都不想培養一個溫室的花朵，女兒要嬌養這種理論更是嗤之以鼻。

既然希望男女平等，哪有把女兒往嬌裡養的道理。天災人禍是能控制的嗎？萬一父母早死呢？從來不曾遭受挫折、泡在蜜罐子裡的女兒，能遭受得起風雨嗎？

所以她一直都是很冷靜的看著孟燕碰壁，然後再一點點一滴滴的把道理掰碎了講給孟燕聽。不懂也先記著，將來總會懂的。再說，小孩子比大人想像的還聰明。

大Boss的應對很宮國蘭，他直接告訴孟燕，他是男同，只喜歡男人。所以不管怎麼折騰，都不會成為她的爸爸。

孟燕因此討厭他很長一段時間……有幾個月吧。

雖然宮國蘭不忍心，曾經跟準人瑞說，不然認個乾親也可以。

準人瑞拒絕了。

首先是宮國蘭總有天會有家庭，畢竟他還是三人眾裡唯一對愛情還抱有幻想的人。他就曾傷心的說，婚姻雖然是愛情的墳墓，但沒有婚姻豈不是死無葬身之地。

婚前認的乾女兒，讓他將來的伴侶怎麼對待，又或者會怎麼想。更何況是個有點霸道獨占欲強的小女孩。

再者，準人瑞不想給孟燕一個太強大的靠山。宮國蘭又心太軟，太容易過分大方。她不想讓孟燕有絲毫不勞而獲的僥倖。

「別理她。她只是上了幼兒園，看別人有爸爸，自己也想有而已。」

準人瑞嘆氣。她在此界住越久，越有種捨不得的感覺。

此界對孩童的重視，都快走火入魔了。結婚難，離婚也不容易。婚前有嚴苛到爆炸的婚前健康檢查，只要遺傳疾病可能超標，對不起，分手吧，別想結婚生子。

自然懷孕非常危險，生育中心沒有結婚證書別想接案，一對夫妻只有兩個子女名額。為此離婚總是為了監護權在法院爭生爭死。

同性結婚更慘一點，生育中心有結婚證書照樣拒絕受理。因為兩個精子或兩個卵子無法結合成受精卵。

你說捐精或捐卵？不好意思，非配偶的精子或卵子都被嚴苛的認定非婚生。至於代孕，非法，罰金足以讓人破產個十次八次，孩子還得交給國家撫養。

聯邦的說法是，請用收養代替代孕，沒有需要就沒有傷害。

雖然年年遊行抗議，聯邦政府一百年毫無動搖。

其實她能明白，聯邦政府的立意應該是軟性控制人口成長，但是當中還是不乏人本精神。

最少在這個科技世界，兒童異常精貴，所以備受愛護。收養不是什麼稀奇的事，對養父母也篩選得很謹慎。帶著孩子的離婚父親或母親，在婚姻市場反而有競爭力。

這些對社會的安定是有好處的，也相當符合她的生物準則。

但這給她的壓力與日俱增。

越喜歡這個世界，她越焦躁。因為，到現在她還是找不到四十幾年後的關鍵。

只知道跟音樂有關。跟天賦可能有關。但兩者她的進展俱微。

黑貓也因此跑去相類似的世界尋找線索，但是幾年都一無所獲。

她就知道不能指望只會咬小腿兼賣萌的二貨。

*　*　*

孟燕十二歲生日的這一天，準人瑞在機場補到了前往北極的機票。真是十二年來最糟糕的一天。準人瑞不是很淡定的想。

接孟蟬的班十二年，準人瑞已然是迅音影視名符其實的金牌作曲人兼音樂製作人。同時還是王牌原創作家……沒時間寫劇本，寫小說只是在瘋狂忙碌的縫隙拿來鬆弛神經用的。

功成名就，有本事買下規模不輸前夫的豪宅，名車在御。她替迅音影視賺了許許多多的錢，宮國蘭虧待誰也不會虧待她。

孟燕品學兼優，音樂也頗有才華。準人瑞自認和她相處宛如朋友……就像和親生兒子的關係一樣。

這天，準人瑞真的是一時興起。來錄音的向瑜非常慘的經痛得欲生欲死，準人瑞揮手恩准她回去模擬龍蝦……因此空出大半天來。

去接孟燕好了，幫她請個假。雖然這點時間不能到太遠的地方，吃飯逛街倒是可以。她一直磨著要買新手機……藉著生日禮物的名目買吧。雖然不想太嬌養，偶爾還是可以寵寵她的。

但是到了學校，才知道孟燕請假，讓保姆接回家了。

這個時候，準人瑞還沒想太多，只打給保姆時，她言語閃爍並且慌張，還問準人瑞什麼時候回家，需不需要早點去接孟燕。

雖說沒有太多時間鑽研，但是設計一、兩個APP還是沒有問題的。只是尊重孟燕，她很少開追蹤，畢竟只是個防綁架的最後手段。

這時候她立刻開啟追蹤，飛快的開往目標……剛好看到孟燕和兩個「爸爸」在門口依依惜別。

那個瞬間，準人瑞真有股衝動將這三個一起撞死。

結果她費力克制這股衝動下車，她辛辛苦苦養了十二年的女兒衝出來護在兩個爹的前面對她瞪眼。

「爸爸對我有探視權，我也有探視爸爸的權利！」孟燕聲音發抖，哽咽的喊著。

「……哦。」準人瑞嗤笑，「哪個是妳爸爸？妳真知道嗎？」

孟燕稚嫩的小臉充滿氣憤，「我知道爸爸和妳離婚，妳一定是很恨他……可是性取向是誰也沒有辦法的事情！而且是爺爺奶奶逼得緊……」

準人瑞笑了，笑得異常危險，「錯了。」

一直保持緘默的楊清抬頭，哀求的看著準人瑞，「小蟬……她還是個孩子。」

「孩子」並不是萬用擋箭牌。孩子就不該知道真相？我有那麼善良嗎？

準人瑞冷淡的看著義憤填膺的孟燕，指著楊清說，「這個才是妳生父。妳身分證上的爸爸和妳的生父聯手，名義上的爸爸將我迷昏，妳生父迷姦了我，然後才有妳，這就是真相，懂了嗎？」

孟燕瞪大了眼睛，臉孔刷的慘白，回頭看她兩個爸爸。

「夠了！」楊清忍無可忍，抱住孟燕，「有什麼事妳衝著我來，為什麼要傷害燕燕？她是無辜的，她還是孩子！」

宋鴻擋在父女面前，對她咆哮，「妳到底還想怎麼樣？我已經什麼都沒有了！放過我們吧！我們只想一家人平靜的生活！燕燕不要怕，爸爸保護你們！」

準人瑞以為自己會勃然大怒，結果湧上來的是一種充滿悲哀的疲倦。

更疲倦的是，孟燕對她說，「過去都過去了，難道不能為了我盡棄前嫌？我、我也想要爸爸，我想要有父愛，我想要有完整的家！」

準人瑞定定的看著孟燕幾秒鐘，然後轉身上車，直接將車開到機場。

隨便什麼地方都好，只要別跟這些人同個城市，就好。

疲倦，屈辱，濃重到要被打倒的失敗感。

這十二年她忙碌的像個陀螺，任務的進展……等於沒有進展。情況比朱訪秋時還糟糕。身為朱訪秋，最少她能心無旁鶩，有方向、有目標。

但是身為孟蟬……是不行的。不知道方向，沒有目標，只能循著原版孟蟬的軌跡，留在迅音影視奮鬥……但她同時是孟燕的母親，必須關注照顧她，傾盡心力。

她活得幾乎沒有自我，得來的卻是改版的結果。

這時候她誰也不想見，只想走得遠遠的，直到天涯海角。

……沒想到讓她補到班次極度稀少的，前往北極的機票。

等理智稍微回歸，她還是打電話給公司。不然突然失蹤也太不負責任。

王毅出差，助理接到電話卻轉給宮國蘭。

「妳幹嘛不接手機？」宮國蘭很不悅，「買不到牛排肉，羊排行不行？呃……排骨到底是哪個部位的肉啊？」

……對喔。說好晚上替孟燕慶生她要下廚。

「不用了。不辦了。我……我要請假幾天。最多不會超過五天。」

宮國蘭好一會兒沒講話，語氣異常凶惡，「妳幹啥？妳在哪？阿蟬妳是不是在哭?!誰惹妳了？誰敢惹妳?!老子剁了他！」

準人瑞只覺得臉頰有些溼，愕然發現自己居然淚流滿面。

宮國蘭並沒有打破砂鍋問到底。和粗獷凶惡的外表不同，他意外的細心體貼。只默默的聽準人瑞哭了一會兒，就准了假。

「嗯，這幾年妳一直念著要去北極參觀聯邦政府和深藍……衣服帶夠了嗎？不夠的話北極機場有賣大衣，雖然樣式很拙，但是非常保暖。」他曖了一聲，「幹嘛自己去？說一聲我找王毅一起啊。」

「王毅說，替你賣命四十幾年，休假不到四十天。」準人瑞破涕而笑，「你把汪達扔下，他絕對會生氣的。」

宮國蘭訕訕，「男人就是麻煩，特別愛吃醋。」

有他打岔，最少那種蝕骨的悲傷和疲倦減輕了很多。甚至在飛機上她還睡了過去。

然而準人瑞明白了一個道理。那就是，在嚴寒之下，什麼傷心難過都會不翼而飛。

北極機場的溫度是零度。

只背了個小包包，穿著春裝的準人瑞差點落地凍死。還是空姐非常善解人意的給她披了條毛毯，讓她能哆嗦著去機場購物中心買衣物……這時候根本不會注意標籤是不是多了兩個零。

聯邦政府大樓當然溫暖多了，最少也有十度。全球人民都能自由參觀，只是得在機場報名。

只是規模比她想像中的小，一棟平平無奇的百層大廈。辦公人員也不算多……比軍人還少。聯邦軍隊在此駐紮訓練，冰天雪地的街道上大部分都是休假的軍人。

此界的地球其實遭遇過非常嚴重的能源危機和環境污染。據黑貓說，只算是個劫數而不是壞空。

但是這個劫數差點讓地球人傾覆了。最後地球聯邦在深藍的扶持下成立了，曾經很長一段時間是軍事政府，最後強制打破科技壁壘，全球共享新能源與科技，最後才鳳凰涅盤。

到現在，百億人口幾乎都集中在城市，用極少的耕地供應全地球的糧食有餘，其他的部分都讓出來給自然，對環保的重視都要走火入魔了。什麼旅遊觀光業，去躺著虛擬實境玩兒吧，糟蹋自然者死。

這不是開玩笑……有人真的非法往世界之肺亞馬遜流域冒險，九死一生出來被逮捕判刑。雖然沒有真的死刑，卻被派去土星服役……那跟死刑真的也沒差很遠了。

地球沒有監獄。因為基於「將犯罪者隔離於人類社會之外」的準則，都派往外太空採礦探勘，罪責越重的越可憐，幾乎都是妥妥的炮灰了……

鼓勵外星移民，軟性控制人口增長，幾乎走火入魔的環保……其實聯邦政府掌控力不但很強，有時候還枉顧隱私權，監控無所不在。

但她喜歡這個世界。

只有和平富庶的世界，娛樂圈才會蓬勃發展。只有對自己有信心的政府，才會鼓勵扶持娛樂事業。

在機械化、自動化程度極高的社會，還不斷的創造工作機會，哪怕是個遊戲打金員呢，只要合法繳稅，政府都一視同仁。

失業率如此之低，真心不容易啊。

但她更有興趣的是深藍。

在準人瑞的本世界，深藍是一部超級電腦。在此界，深藍也是……更是。

深藍誕生於大危機時代。直到現在，研發團隊和誕生經過還是機密。她擁有全球所有資訊的檢索讀取權，等於是此界的全知者。

至於她有沒有ＡＩ，還在爭議中。但是自大危機時代起，她就擁有獨特的絕對否決權。

是的，深藍不會提議案，不會下決策，但是她擁有精密的計算程式，當她計算判定議案不可行，就會執行絕對否決權。深藍否決的議案別想重新包裝再通過。

可說是此界最舉足輕重的存在……卻是一部超級電腦。而深藍卻不是高高在上養在深閨中，參觀聯邦政府的人民，也可以申請和深藍對話，非常和藹親民。

站在深藍面前，準人瑞所有的心傷和愁緒都不翼而飛。

她想到自己真正的任務，回頭看那對狗男男和白眼狼，只覺得非常渺小，並且可笑。

深藍投影出來的臉孔非常完美，有點兒像電影魔戒裡的精靈公主。

她微微笑，「妳好，孟蟬。」

……好奇怪的感覺。準人瑞不只一次撞到天道的邊邊角角……甚至有個天道離她很近的劈過雷。這種莫名熟悉感是怎麼回事？

「妳好，深藍。」準人瑞嘶了嘶乾澀的嗓子，「還是該稱呼您為……天道？」

深藍美麗的眼睛注視她很久，最後，笑了。

一點用處都沒有，外出取材好多年的黑貓突然出現，一口咬住她的小腿。

準人瑞從善如流，「抱歉，我剛遭受情感上嚴重的衝擊，胡言亂語了。」

深藍非常大度，「我接受妳的道歉。」

準人瑞啞然，對黑貓心電感應，「……這樣是可以的嗎？」

黑貓非常暴躁，「閉嘴！妳懂不懂什麼叫學乖?!……」然後下一秒，黑貓就不見了……應該是被深藍扔出去。

準人瑞後背都是冷汗。原來不是所有的天道都和藹可親。

然而深藍令人毛骨悚然的上下打量一番，點點頭，就「退駕」了。

「妳好。請問有什麼能為妳效勞的嗎？」

望著那張宛如精靈的芙蓉秀面，準人瑞本來摸不著頭腦，仔細一想，恍然大悟。天道們似乎對重生者和穿越者非常有意見，也會額外關注。準人瑞的情形很不好說，雖然是官方打補釘人員，但在天道眼中大約也跟重生穿越沒啥兩樣。

天道跟深藍一定有某種關係，但深藍並不等於天道。

深深思考了一會兒，準人瑞凝重的說，「我有某種天賦，卻不知道有什麼用處。」不說取材多年一無所獲只會賣萌的二貨貓，準人瑞自己摸索十幾年也沒摸索清楚孟蟬的天賦到底是什麼、能有什麼用。

黑貓說，這是某種領域。事實上只能控制空間，時間是沒皮條了。十二年也就從丈許擴充到半徑一里，領域內能夠聽到所有蟲鳴的聲音，能聚焦、擴散，也能理解情緒。

這兩年，她已經能成功的用最簡單的音樂表達方式——吹口哨煽動昆蟲的情緒。但也僅限於昆蟲，對人類就非常不好使……孟燕周歲後就無法用領域影響她了。

最奇怪的就是，任何昆蟲的鳴叫在她耳中都是蟬鳴。

深藍靜靜的聆聽，同時檢索和掃描。「抱歉，目前沒有相對應資料。孟蟬，妳願意接受檢測，為聯邦政府新增相關資料嗎？」

……難道要將孟蟬送進實驗室切切割割嗎？準人瑞躊躇了。她知道未來的關鍵就在孟蟬身上，但這些年她也明白了一個道理……沒有原身的魂魄，此時她不是完整的孟蟬。

別人沒感覺，她自己最清楚。雖然擁有孟蟬絕大部分的記憶，但音樂才華根本是天差地遠。好比說孟蟬音樂智商一八〇，羅清河音樂智商只有五十。

這跟朱訪秋的情形又不一樣了，畢竟朱訪秋只是少條理化的筋，智商沒有問題，而且朱訪春已經研究到出現曙光，需要的只是弄懂和復原，然後在既有基礎上前進而已。

藝術能這麼玩嗎？老天爺不賞飯吃，勤能補拙只是一句安慰啊！

她知道進度嚴重落後，卻不知道到底要怎樣才足以應付三十八年後的災難。

這也是為什麼她一直很想見見深藍。畢竟此界的全知者說不定能給她點線索。

「在此之前，」準人瑞謹慎的問，「妳覺得這種天賦，有可能對抗蟲族嗎？」

深藍的表情靜滯，「有12.78%可能。」

……蟲族果然已經出現在這個世界了！準人瑞額頭沁出汗珠。

因為資料尚有缺失，所以她知道的很少。蟲族突然來襲，當中幾乎沒有過程……那不大對吧？怎麼能那麼精準直接突襲地球，太陽系九大行星，太陽系外也有兩、三個殖民星，居然直撲要害。

如果說，在此界她學會了什麼……大概是，必要的時候要學會依靠別人。

「我能不能知道……要檢測到什麼地步？」準人瑞輕輕嘆口氣，「我願意為科學獻身，但我還有自己的責任。」

聯邦政府比準人瑞想像的文明許多。事實上，也沒引起太大的注意。

人類發展至今，其實已經有許多異能出現。呃，有的異能真不知道有什麼用，比方說孟蟬這種蟬鳴領域。但是聯邦政府還是撥下經費，在各城市成立研究所，專門研究異能。

夾雜在一堆金木水火土法術型異能者中間，準人瑞真有點尷尬。

不過也沒什麼切切割割。採取表皮和黏膜細胞，拔兩根頭髮，有。檢測腦波，有。全身重度掃描，有。但是更深入的侵入性調查那就沒有了。

畢竟現在的聯邦政府還滿講人權的。

在北極研究所也就待了一天，程度不會比全身檢查複雜，甚至沒那麼難受。最後她的資料轉到首都，然後就歸首都研究所管了，定期去報到供收集資料就行了。

準人瑞就是希望最少留個案底，能弄明白蟬鳴領域是什麼最好了。感覺把全世界的重量壓在一個人的肩膀上，怎麼想怎麼不靠譜。

弄明白原理，說不定能用科技開發出武器之類的……總比孟蟬掛了，大家只能束手無策的兩眼開開準備投胎好……是說，確定還有胎可以投。

一直到準人瑞準備搭飛機離開北極，黑貓才異常委靡的出現。

「……上面的，找你聊聊嗎？」準人瑞難得的不忍了。

黑貓幽怨的看了她一眼，「咱們不提這好嗎？」

「喔。那咱們聊聊你取材多年，找到怎麼解決問題了嗎？」

黑貓的眼眶溼潤了。「……我不知道算不算找到。妳某個學長任務差點失敗……結果他所在的任務世界，有個野生穿越者，剛好車禍掛了。遮蔽消除，缺失補完，任務很驚險的過了……」

……難道要我去暗殺重生影后和穿越影帝嗎？天道能容許?!她現在也是明白了，天道嚴守規則的程度簡直苛刻，寧願守著規則然後壞空毀滅……呃，絕大部分是非常守規則的。

準人瑞深深望了黑貓一眼，「沒事，我知道你很努力了。雖然有些事努力也沒用。」幸好我不曾指望只會賣萌的二貨。

黑貓掩面泣奔。

抵達首都的時候，宮國蘭來接她。

「……我開車來的啊。」準人瑞啼笑皆非。昨晚她真的只是例行報平安。

「鑰匙給司機，讓他把車開回去。」宮國蘭一臉不痛快，「別囉唆，快上車！」

結果引起機場保全的注意，詢問再三才確定不是綁架事件。

宮國蘭快氣炸了。「我恨這個以貌取人的世界！」他恨恨的咆哮。

準人瑞只能低頭忍住。

駛離機場後，宮國蘭有些壓抑的說，「我沒忍住，揍了那兩個人渣。小丫頭對我可能有點不太高興。」

「幹得好。」準人瑞微微一笑，「她不高興不算什麼，反正我高興得很。」

宮國蘭鬆了口氣。他不在意孟燕高不高興，但孟燕不高興，搞不好孟蟬也不高興。畢竟阿蟬對孟燕非常愛護重視。

自從失去繼承權後，宋鴻過得非常不好。雖說每個月都有固定一百萬的零用錢，年終也有分紅，但是這些在常人眼中的巨款還不夠他一個禮拜花用的。

若不是汽車保養和油費是家族買單，他大概連門都出不了。

被剝奪總裁職位後，他一直想東山再起。折騰五、六年，只把自己的積蓄全賠乾淨，沒背上債務還是有楊清踩煞車的緣故。

相較拉不下臉的宋鴻，楊清還是比較能認清事實的。宋鴻他妹隱性打壓下，的確是很難找到像樣的工作，但終究沒有封殺到底。畢竟楊清在大學時也曾是才子，寫點言情小說也不是那麼困難的事情，還漸漸的小有名氣。

頹廢的宋鴻之後就靠楊清養著。婚姻中還真的是誰賺錢養家誰就有較大的話語權。

就在前年，楊清憑一部半自傳體的小說大紅了。

距離〈問蒼天〉也已經將近十年，楊清又把故事改得避重就輕、面目全非，代表他的男主角又不斷道歉懺悔，非常痛苦掙扎。相形之下那個形同第三者的女主角超級蛇蠍的，報復得他和愛人身敗名裂、萬劫不復，還把他心愛的女兒帶走，讓他們父女再不得相見。

結果就是這麼巧，暴紅的楊清辦簽書會，保姆帶著孟燕參加。

保姆其實是有顆粉紅少女心，要不怎麼會成了楊清的書迷。〈問蒼天〉最紅的時候，雖然披露出不少真相，但也處於捕風捉影的階段，何況又距離這麼久了。

人嘛，總是會同情弱者。在保姆看來，孟嬋又有名又有錢，跟宮大老闆那麼多年。前夫卻為了追求真愛聲名狼藉……誰知道為什麼離婚的，跟宮大老闆有沒有什麼關係……誰的錯還不知道呢。

但她還真沒把楊清這本書跟孟蟬的事聯想在一起，會去參加簽書會只是單純粉作家而已。

誰知道陰錯陽差，孟燕湊熱鬧也請楊清簽名，她的長相又頗似楊清，被不動聲色的套了幾句，什麼底都漏了，楊清哪裡會放過。

楊清和宋鴻結婚幾年，但是領養資格卻一直無法批准。實在是離婚律師被這倆噁心到了，雖然沒讓他們一起吃牢飯，卻在法院備了案，上交了錄影和錄音。這案底太黑，有性侵傾向的人是沒有領養資格的。

可年紀越大，楊清就越想要有自己的小孩。尤其是看到孟燕那張和自己小時候簡直一模一樣的小臉，更是沒辦法放下了。

於是在保姆強烈的同情和楊清充滿父愛的「大度」下，孟燕和宋鴻相認了。

宋鴻表現好得出乎人意料之外，當然是有很多原因。孟燕那張臉自然是最大緣故，再來吧，他的稜角也磨平了，依附楊清的生活也讓他變得卑微和患得患失，下意識的討好。

再者，他對孟蟬的恨意濃烈深重，自從知道孟蟬非常疼愛孟燕後，他對孟燕就更好了。或許他還暗暗的渴望孟蟬發現的時候……表情一定很棒。

「喔，原來是這樣啊。」準人瑞淡淡的回答。「麻煩你了，謝謝。」

大Boss調查這些事情也怪不容易的。

「她還是個孩子……媽的我不想勸妳！」開車中的宮國蘭暴怒，「我想勸妳將她吊起來打！」

準人瑞噗的一聲笑了。「行了，其實她也沒做錯什麼。她又不知道以前發生過什麼事情，感情也培養出來了，之後大概也就很善良的希望我能原諒。用不著吊起來打啦。」

宮國蘭轉頭看她，表情先是驚愕，然後漸漸的不忍。

「看前面！真是的。」準人瑞淡定。

「……妳不愛她了。」宮國蘭語氣低落了起來。

「我只是理智看待整件事。」

「……不要難過。」宮國蘭比她還難過。

該難過的份，早難過完了。

送她到樓下，宮國蘭遲疑了一會兒，「還是把她吊起來打吧。」打完就完了，不要逼自己割捨。

準人瑞向來淡然的臉孔，難得的對他柔和起來。「放心。」

目送他的車轉過彎，準人瑞慢慢的走進管理室。

她向來覺得自己是個公平的人，所以將兒女當人看，但也希望兒女將她當人看待。

小孩子不是天使，父母也不是神明，都是普通平凡會傷心痛苦的人類。

她還是羅清河的時候，非常抗拒婆媳關係，所以也不想帶任何一個孫子。但小家庭成立不易，孩子沒處塞，最後她嘆著氣帶了孫子。從繈褓到小學，孫子幾乎都是在她的住處過的。

孫子依戀她，卻觸動了媳婦敏感的神經，當著她的面將哭著要阿媽的孫子打了一頓，她親生的兒子居然埋怨了她幾句。

快六十歲的她抿著嘴回家，收拾了行李就離家出走了，換了手機號碼，提了部筆電，全省走透透。原本她在什麼地方都能寫作，有網路就能交稿。

兒子千方百計打聽到她的新手機號碼，打了過來。她沒有接，只是回了一個訊息：

「不必追。」

據說兒子哭得很慘。

但她並沒有歉疚。她和兩個孩子一起讀過龍應台的《目送》。兩孩子有時被她嘮叨煩的時候會半開玩笑的說「不必追」。

其實父母對子女如此，子女對父母也該如此。

後來她還是回家了——六年後。她終究還是愛自己的孩子，雖然這種愛被磨滅不少。六年了，孫子也長大不少，應該消磨掉了那種依戀。

誰知道她如此冷心冷肺，兒孫老愛來訪，讓她煩不勝煩。

所以她並沒有對孟燕說什麼，宛如什麼事情都沒發生。

她對孟燕是有責任的，勢必要撫養她到二十歲滿。

然後就會對她說，「不必追。」

只有準人瑞將保姆辭退的時候，她和孟燕才爆發嚴重衝突。

但是準人瑞不為所動。「我當然知道她很善良，可她太蠢。善良不是錯，但是善良又蠢就是大錯特錯。她今天能夠因為同情，將當時還只有十歲的妳帶到身分不明的陌生人家裡，來日她就能被騙點眼淚，將妳拱手送到綁匪或惡徒手裡。」

「才不會！不可能的！妳這是報復！」

「我付她薪水，她卻怠忽職責。所以我不再付她薪水，明白？這事誰說都不算，付薪水的人說了算。」

孟燕大吵大鬧，和保姆抱頭痛哭。準人瑞不為所動，直接打電話讓大廈保全將人拖出去。

她對孟燕有責任。不能容忍一個善良得如此愚蠢的人繼續照顧她。

孟燕跟她冷戰很久，暑假過後升國中，孟燕說什麼都要住校，準人瑞也准了。然後孟燕就越來越少回家，週末週日總有各式各樣的藉口「留校」。

其實準人瑞知道她就是去兩個爸爸那兒。

準人瑞表現得很淡然，很平靜。只有黑貓才知道她很長一段時間嚴重失眠，睡著常常被惡夢驚醒。被魘深了會哭叫著撓牆。

她不肯說做什麼惡夢，只苦笑著說，「我以為孟蟬已經魂飛魄散。」

「……是『迴響』。她死得太苦也太慘……心裡又有惦念。」

迴響。原來如此。準人瑞疲倦的想。所以她總是夢見冰冷的病房，和孟燕厭惡的眼神。

因為母親是個精神病患，差點殺死她親愛的楊爸。因為母親是個精神病患，她備受同學排擠。

但是厭惡也好，可是她再也見不到自己心愛的女兒。與其說她將自己溺死在臉盆裡，不如說她是被絕望殺死。

最讓人啼笑皆非的就是，都到這種地步了，她還只是感到刻骨的疲倦，並沒有真的恨那個親手養大的小孩。

「我需要睡眠。」蓋住自己的眼睛，準人瑞喃喃的說。

黑貓躊躇了一下，竄上床，枕在她的臂彎，蜷成一團。「本座在此，安心睡吧。」

準人瑞摸著黑貓絲綢般的毛皮，眼皮漸漸沉重，真的睡熟了。

等她睡熟，黑貓耷拉著耳朵，心情很低落的計算積分。他求了上司的上司，總算磨得他老人家推算了下。

這個黑色任務的成功率不到0.000087%。

雖然說，羅常常創造奇蹟，但現在需要的是神蹟。

……希望累積下來的積分和評價分夠用。

失眠痊癒後，準人瑞也跟著痊癒了。

她依舊如常的對待孟燕，甚至更溫柔些，吃穿用度也很慷慨。只是她生命的重心再不是那個小女孩，對工作也不再那麼熱衷。相反的，她把很多心力時間擺在義務性質的異能研究所。

王毅嘮叨她有錢不知道賺，不務正業。宮國蘭卻有種說不明白的擔心，擔心她被傷得太深卻故做若無其事。

但她的音樂卻越來越歡快奔放，越來越受歡迎。數量減少了，質量卻大大增加。

每次下載數破百萬慶功時，她笑得很滿足，卻總覺得她沁滿了模糊的感傷。

宮國蘭那種不好的預感在孟燕二十歲那年，真正應驗了。

聯邦軍隊徵召孟蟬。

「怎麼回事？妳不同意不能強召啊！」宮國蘭不肯承認有種「果然如此」的感覺，「別怕！老子還有些兄弟也有權有勢……」

緊張得滿頭大汗呢。不為別人，為了你和王毅，我也得拚出那一線生機啊。

哪能讓那些死蟲子啃了你們。

「我願意為科學獻身。很抱歉只為你賺了二十年的錢，還少十年……」

「孟蟬！」宮國蘭發怒了。猙獰得能嚇哭方圓十公尺內的每一個人。

準人瑞看著他，笑了。頭回主動將他抱了個滿懷，拍了拍他的背。「幫我跟王毅說，我也愛她。」

然後她走了。

她走得這麼瀟灑是因為，半年前穿越影帝得獎太興奮，爆了腦血管死了。於是她補缺了資料，發現……她終究不是孟蟬，沒辦法力挽狂瀾。

確定這個事實後，她答應了聯邦軍隊的邀請，金錢、榮譽、地位都用不著，只求幫她辦一件不合法的事情。

作為祕密特殊部門提案，深藍沒有執行絕對否決權，形同默認。

不是為了仇恨，而是為了孟燕，她求聯邦軍隊設法將那兩個人渣送進精神病院。

孟燕上大學後，功課年年退步，到大二差點二一退學。因為她忙著拚命打工，根本顧不到學業了。

會這樣是因為，準人瑞拒絕替宋鴻付醫藥費……那傢伙染了酗酒的毛病，醫院進進出出。楊清只會在那邊深情款款、不離不棄，說到醫藥費只會掩面哭泣。

他們不是在逼孟燕，而是想逼孟蟬。反正孟蟬賺那麼多錢只屯著不花多可惜。

沒事，我花醫藥費保平安……精神病院的錢我樂意出。

孟燕真的不需要這樣的爸爸們拖後腿。這是身為母親的準人瑞所能為她做的最後一件事。

上了一夜之秋號，準人瑞就知道再也不會回來了。

這樣詩情畫意的名字，一夜之秋號隸屬於特別偵查單位，在眾多龐然大物的航空母艦中，她相當迷你……人口五萬，規模不過是個大學城而已。

但是麻雀雖小、五臟俱全，綜合武力非常卓越。偵查艦可以說是專門應對特殊緊急狀況，一夜之秋號更肩負保護金貴科學家們的重責大任。

是的，一夜之秋號因為體積小更有卓越的航空躍遷技術，可說是科研人員的專機。準人瑞就是以科研人員的身分上的船。

只是她的體質，即使有健康屬性作弊，依舊非常可憐。在SABCDEF評價中，勉勉強強位列D⁻。連慣於太空飛行的眾科學家中都敬陪末座。

所以航空躍遷的時候，她是被打了一針扔進冬眠艙裡泡著營養液假死，抵達冥王星的時候，她被撈出來還大病了一場——每天都是強烈暈車的狀態。

這個星戰的開端真是慘無人道。

但這能打倒準人瑞嗎？當然不。雖然沒有用，而且遠遠趕不上那些軍漢的程度，她還是堅持不懈的操練。進度如何先不說，最少態度正確。

而且體能再怎麼廢，有一點無人出其右……她的槍法極好，好到足以當狙擊手的程度。如果她以前就練過那還好說，偏偏她一開始連扳機都不會扣，甚至找不到瞄準鏡，頭回打靶就拿了個零蛋。

但是她勤奮，能專注，進步真可說是一日千里。

這讓她被科研人員排擠的情形下，反而被軍人接受了。

被排擠其實她不覺得有什麼。看看人家是什麼出身……最基本是雙博士，獻身科研起碼十年以上，智商起碼要破一百五。看看孟蟬什麼出身……大學畢業，寫了幾十年的流行歌，半個娛樂圈人。

這樣的人居然是科研人員……科學家們自然覺得臉上無光。

準人瑞當然不能跟他們說什麼……她可是跟聯邦軍隊簽署了保密協議的。

一開始，準人瑞的異能沒引起什麼注意。只有回她示範了如何用蟬鳴領域促使一種稀有的蜻蜓繁衍，才引起一群昆蟲學家的重視。

雖然說此界的地球看起來環保的要命，事實上，在大危機時代損失了許多物種，這些年玩命似的復育也還遠遠不及。更慘的是，人工復育的物種往往會失去本能，讓生物學家們很是焦頭爛額。

原理是沒搞懂，但是實用已經是可行的。雖然不明白蟬鳴領域到底是怎麼回事，但是能用力場仿效，用錄音可以引動，成功的讓一群蜜蜂學會採花蜜，不再縮在蜂箱等吃的。

但是才研究出點眉目，孟蟬就讓聯邦軍隊徵召了。

這個時候的蟲族已經初顯崢嶸。

雖然分布很零星，數量也少，智力不怎麼夠。但是擅長潛伏，鑽地偽裝是拿手好戲。幾乎不需要氧氣，食譜非常廣泛，沒有肉的時候也能夠依賴礦石維生。

會蛻殼，但是蛻殼次數似乎沒有上限。等引起注意的時候，往往已經有卡車大，並且肆無忌憚的攻擊基地，因為裡頭有各式各樣鮮美的「食物」。

最糟的是，每次蛻殼防禦係數就會提高。當在殖民一號星附近發現能在太空悠遊的蟲族時……那體積足足有小半個一夜之秋號。當時的巡邏艦差點就沒拚過牠……激光星炮對牠的損傷微乎其微，人家吐的口水卻具有強烈腐蝕性，巡邏艦一具引擎因此報銷。

能把牠趕跑真是艦長無可奈何的開腦洞。

當時機上有部蟬鳴領域試驗機，本來是要送到殖民一號星做實驗，還有一貨櫃箱專門針對殖民一號星異形的強酸炮。破釜沉舟下，只好動用了。

刀槍不入的龐大蟲族，強酸炮果然有用……可惜數量太少。但是建大功的卻是蟬鳴領域試驗機。一開下去，蟲族像是喝醉了酒，顛顛倒倒一會兒，非常突破極限的跳起蜜蜂八字舞，最後一抽，尾巴著火似的拚命逃，瞬間就超出監控範圍了。

這事當然火速上報，聯邦軍隊和聯邦政府都震動了。

經過試驗，頭疼的是蟲族的種類很多，而這部蟬鳴領域試驗機原本是針對蜜蜂的。這才緊急徵召了異能者孟蟬。

情況比她想像的還好。準人瑞稍稍鬆了口氣。

現在的蟲族成長還很緩慢，一盤散沙，無秩序無政府……還沒有劫掠屍體。宇宙太多奇怪生物和異形，蟲族在當中很不顯眼。

原版也是在這時候，聯邦軍隊發現了蟲族有危害，但是沒有過度重視。

但是蟲族進化很快，遲早會邁向蜜蜂般的嚴密社會組織。

也就是說，會聚集起來培育蟲后。到時候的蟲族就不是現在這麼容易對付了。

需要更多的戰鬥，需要更多的資料。

她這個體質廢物的科研人員，以狙擊手的身分，投身在蟲族任務的第一線。

出乎所有人意料之外的，居然幹得相當不錯。

只是她當狙擊手的時間不算長。真正成為蟲族戰鬥中舉足輕重的人物，靠的卻是她的異能「蟬鳴領域」。

也因此，她動過多次微手術，為的只是讓身體的各種反應更確實的記錄下來，好能早點破解蟬鳴領域的祕密。

只可惜，似乎不是短時間內能夠破解的。

微手術只是植入一些晶片，晶片的數量有點大。也沒有什麼副作用……最多有點頭痛。這些是她主動並且同意的，因為經過無數的戰鬥，她越明白靠她自己是完成不了任務的。

到現在連黑貓都不太明白蟬鳴領域到底是怎麼回事。準人瑞所知也很有限，只能確定大概介於精神力、心電感應和音波之間的某種「聲音」……蟲族能夠聽聞，並且能接受「共鳴」。

在領域範圍內的蟲族都會在某種程度被共鳴。使用蟬鳴領域者，能夠傳達渲染領域內所有蟲族，程度提到最高就接近命令。

但是這個能力和音樂息息相關。張開領域不難，感受領域內所有蟲族不難，但是要共鳴……必須要發出音樂才行。這可能是一種殊途同歸，仙俠世界的某些法術也需要手訣吟誦才成。

只是蟬鳴領域更神祕一點兒。不但發起需要音樂，不知道是怎麼回事的「MP值」長短，也是依賴對音樂的領悟。

這就是為什麼，準人瑞知道自己無法完成任務的主因。

她終究不是真的孟蟬。她們在音樂上的才能相差太遠。如果說，準人瑞的MP值有愛琴海那麼多，孟蟬擁有地球所有的海洋和湖泊。

蟲族入侵的那一天，孟蟬的領域覆蓋了整個地球，雖然不足以反擊，卻防守了三個月等到援軍打退了蟲族。

那時她七十五歲，此界平均壽命一百五十歲，她還算是個資深中年呢。但她防守之後快速衰老，卻也堅守了十年，直到機甲時代來臨，她才含笑而逝。

在普遍沒有信仰的此界，孟蟬是曠古鑠金的神。

但是準人瑞辦不到。

像是琴娘和她都會荊棘變陣圓舞曲，她們倆也是一體同心。但是琴娘擅長風華，她卻擅長雷華。

逝去的孟蟬和她都會蟬鳴領域。但是孟蟬擅長廣域防守，準人瑞的領域狹窄，卻異常暴力的反擊。這不僅僅是MP值的差別，更因為……她們終究是不同的兩個人。

準人瑞的領域擴展到能將首都籠罩其間，就再也無法寸進了。

一開始，準人瑞將自己當成活體實驗物植入各種晶片時，黑貓阻止過。但是談完人生後，黑貓默許了。

說不定能創造神蹟呢。說不定連他都沒搞懂的蟬鳴領域，此界人類能破解呢？不管能不能破解，最少態度正確，哪怕失敗扣分也不會到無法挽回的地步。

「不要怕。」黑貓安慰憔悴的準人瑞，「就算失敗，我也不會讓妳受臨終的苦。」

「我知道。」準人瑞微微一笑，「謝謝。」

而終末來得比他們想像的都快。瘋狂進化的蟲族，終於躍進了蜂式社會體制，劫掠了殖民一號星大量人口，在附近的行星孵化了蟲族第一隻蟲后。

慢了一步，蟲后孵化後，非常出人意料之外的張開領域，保護了整個行星，激光星炮只能在領域表面炸出一片無能為力的煙火。

近距離感受才知道，原來，孟蟬的天賦和蟲后有相似之處。

她聽到了別人聽不到的，歡暢驕傲的蟬鳴。

「……沒救了。」黑貓沮喪，「原來如此。不出一、兩年，就會有整個行星的蟲族大軍……我們認賠，走吧。」

準人瑞表情很平靜，「我有個學長，好像叫做邵龍對吧？曾經關住他的九天神戒，比我的儲物戒指……如何？」

天外飛來一筆，黑貓有些摸不著頭緒，但還是撇嘴，「呿，取名叫神戒就很神？那妳的戒指該取名叫天生聖人了。別拿那種破爛貨和大道之初金手指等級的精品比好不？」

準人瑞點點頭，摸了摸黑貓……然後將他收入紅寶石戒指中。

「……妳幹什麼?!」黑貓驚怒。

「聽說這戒指天滅地毀亦不轉，我們試驗看看。」準人瑞溫柔的說，然後就封住了戒指，解除條件設定為任務結束。

黑貓的想法她明白。既然任務完成不了，不如認賠退出，也能從容的計算該賠多少積分。而且，主動離開任務更能免除死亡的痛苦。

很聰明的做法。可惜她不喜歡。

她終究還是喜歡，拚到最後一刻、一秒、一剎那。

說服艦長沒有花很多時間。從軍十年，她和一葉之秋艦親眼目睹蟲族勢不可擋的崛起。

她比別人知道更多的是，蟲族培育蟲后需要用到智慧生物的屍體，就好像蚊子要吸血才能產卵。但是蚊子不會因為血液進化，蟲后卻能因為智慧生物的屍體長智慧。

蟲海戰術已經束手無策了，再來個有智慧能學習，並且飛快進化的蟲后……不只是人類的末日，眾生的末日就在眼前了。

這絕對不行。

準人瑞駕著迷你救生機飛向蟲后行星。全艦所有人行軍禮送行。

能阻擋激光星炮的蟲后領域，對準人瑞卻宛如無物，非常輕鬆的穿入。

護衛蟲后的蟲族一片混亂，因為牠們不能明白為什麼會出現兩隻蟲后。等能分辨從天而降的是敵人，已經來不及了。

新興種族的缺點就是見識不足。等反應過來，準人瑞已經侵入蟲巢最深處，最犀利的反擊不是說笑的，像是絞肉機一樣突進，挨著即傷、擦著便亡。

迷你救生機撐到蟲后之前還大體完整。方便準人瑞放出所有自動攝影機器人，可以將過程完全拍攝下來。

然後，準人瑞張開領域，將她和蟲后籠罩起來，設法讓她「冷靜」。

蟲后的情緒非常高昂、激動。充滿暴虐、貪食、毀滅。這些情緒讓她張開蟲后領域，讓她鼓動所有蟲族，也促使她不斷交配和產卵。

可現在，雄性蟲族正被準人瑞煽動著自相殘殺，看起來就要死光了。而蟲后也跟蜂后或蟻后差不多，擔負整族的生育大任後，通常行動力都很差。

比準人瑞想像的嬌小多了，蟲后大約只有三公尺高，形態像是人形螳螂。看上半身和人類有相似之處，臉孔也類人，只是複眼、獠牙，鼻子有點塌。

盈盈一握的腰身底下，是非常臃腫肥大的肚子，肚子伸出六根管器，即使嘶聲恐嚇，依舊不斷的排卵。

蟲后似乎不大能辨別蟬鳴領域和自己的領域有什麼不同，原本暴虐狂躁的情緒居然有種不知所措的波動……畢竟她才孵化不久。

這就是準人瑞此刻在這裡的緣故。

蟲后身後還堆著屍山血海。繼續進食可能會繼續進化。不趁她還懵懂的時候滅掉她，難道要等她進化完全？

但是斬首戰術是沒戲了。雄性蟲族自相殘殺卻不敢碰她，準人瑞試探攻擊幾乎無效，她總不能拿體質D⁻的廢材身體跟S＋＋的蟲后玩肉搏吧？

沒事。為了此刻，她早就在內心推演無數次。

抱著琵琶，她坐在地上，撥弦。領域內蟬鳴細細，讓狂躁的蟲后後退，靜滯。

撥動心弦，她的情感無比寧靜。

第一個掠過她腦海的，居然是孟燕那張宛如花瓣般柔嫩的臉龐。然後是地球的萬里晴空下，許多人的笑臉。

北極潔白的霜雪，睿智的深藍。

聚居的高樓大廈，走火入魔似的綠建築。竭力讓出來的大地、海洋。

人類接近虔誠的努力。

其實，這裡是她最喜歡的世界。她喜歡此界人類的知錯能改。喜歡暗合天道，冷靜自制的深藍。

只要還有一丁點希望，她都不想放棄。

雖然，她只能撐四十八分鐘。但她勢必要迷惑困住蟲后，讓蟲后平靜下來，思她所思，感她所感。

然後讓蟲后徹底麻痹，消除蟲后領域。

但是情形比她想像的還糟。只撐到四十分鐘，她的MP就乾了。強行維持領域的結果就是……她開始七孔流血了，並且飛快的消耗，壽命。

果然沒有什麼是白得的，勢必要付出代價。

可壽命消耗殆盡，衰老到十指僵硬，還是差了那麼一點。

她恍惚想起宮國蘭和王毅。這麼多年她都不敢連絡，更不敢想起。

是孟燕住校第二年吧？他們倆硬將她架出去參加夏祭。與會的都是音樂人，都得表演個節目唱唱跳跳喝很多酒。

他們三個還排練了幾天，唱〈We will rock you〉百事可樂版。其實不要問她歌詞是哪國語言，她也不知道……反正就是編。

編得亂七八糟還是唱得渾然忘我，王毅唱得特別棒，妖嬈的豔光四射啊。

最後準人瑞太開心喝趴了，可停車場特別遠。大Boss宮國蘭微微踉蹌的背著她，左搖右晃的王毅扶著她的背，嚷嚷著別將阿蟬給摔了。

大Boss的背很寬。王毅扶著她的手，特別溫暖。

綠色的天火降臨。砸在稀薄的蟲后領域上，已經有零零星星的酸火彈能打進來了。美麗。

無與倫比的美麗。

「你形容我是這個世界上無與倫比的美麗。」她張口，嘶啞的唱著，手指已經僵硬不能動彈了。

「我知道你才是這世界上無與倫比的美麗。

你知道當你需要個夏天我會拚了命努力，

我知道你會做我的掩護，當我是個逃兵。」

蟲后完全麻痺，領域消失。綠色天火因為準人瑞的信號，準確的洗禮了蟲巢。轟然席捲了蟲后和準人瑞。

滔天綠火中，直到蟲后的哀號停止，幽然嘶啞的歌聲才漸漸消失。

休息時間

好不容易從紅寶石戒指脫身的黑貓憤怒到幾乎沸騰。沸騰到只想衝上去咬準人瑞的小腿。

可他衝到一半就被極致殺氣凍結了。

終於擺脫體質D^-純粹拖後腿的廢柴身體，回到個人空間的準人瑞完全回到所有技能的巔峰。

被苦悶的壓制一輩子的準人瑞發出狂喜又憤怒，囂張猖獗的咆哮，震動了整個個人空間，並且境隨意轉的複製出最後的蟲巢和蟲后。

黑貓立刻一個急轉彎，躲到最安全的角落抱著自己腦袋，事後證明他是多麼的英明睿智。

明明身負元嬰修為的準人瑞，卻非常簡單粗暴的撲過去抓住蟲后的後腿，先在山壁上摜數十，直到山壁塌了大半截，才將蟲后掄在地上數百，導致地面下陷了好幾公尺，讓蟲后刀槍不入水火不傷星炮都沒輒的堅固甲殼都摔出裂痕。

接下來就太殘酷，必須列入十八禁了。總之，準人瑞徒手拆解了蟲后，內臟被掏，扔得滿地都是，綠色的血液盈寸，掏空了內腔還抽搐了幾分鐘才死。

準人瑞還洩恨似的發滿一整波的雷華圓舞曲，天打雷劈了好幾分鐘，黑貓只覺得自己快被雷聲震聾了。

然後，發完狂的準人瑞面朝下的倒在遍地燒焦的血肉狼藉中。隨著她的昏厥，這個複製得非常真實的幻境才消失，恢復以往空曠清冷的房間。

玄尊者，已膽落。並且徹底忘記該對準人瑞生氣。

準人瑞的情況非常糟糕。

這個任務對她來說實在非常艱辛危險，她在這個任務死了兩次。一次是生產時，對魂魄已經是一次重創，健康屬性運轉了一輩子都沒完全癒合。第二次則是與蟲后同歸於盡。

這次更糟，MP扣完扣HP，把壽命都扣完了，還差一點兒怎麼辦呢？不能將蟲后掄牆的準人瑞非常憋屈也非常狠的拋擲靈魂精華……或者可以理解成靈魂的血。所以回到個人空間發狂的將蟲后活生生分屍的準人瑞，倒下後幾乎全身都是傷口，汩汩的流著金色的血。

不管她的話，不會魂飛魄散，但是會乾枯而消亡。

「妳就會給我找事！」黑貓朝著昏厥的準人瑞揮貓拳，「妳說話啊……嗷！」

其實沒事，準人瑞只是抽搐了一下，黑貓已經嚇得全身炸毛。

炸毛歸炸毛，黑貓還是盡心盡力的救治了。只是這醫藥費完全超乎想像，直接將所有積分扣光還不夠，最後評價分都填進去了，直接從S++到B$^-$。

此時準人瑞直接從巨富跌到一貧如洗。可以說，她前面的任務都是白做了……得到的只有靈魂的遍體鱗傷。

看著沉在寒冰中養傷的準人瑞，黑貓嘆氣，眉間皺成一個川字。

羅最後的精神狀況實在令人擔憂。這個任務對她來說的確太難。

犧牲到這個地步，任務評價也只是合格而已。

因為相較原版孟蟬的成就來說，羅差太遠了。

準人瑞和蟲后同歸於盡後，只多爭取了五年的時間，蟲族又培育了新蟲后……還不只一隻。並且進化了新天賦：蟲洞。能夠飛快穿越星系的神祕黑洞。

和原版不同的是，這次蟲族不再死心眼的和地球死磕，而是分巢而攻，殖民一到三號星、地球，都陷入蟲族戰爭中。

地球聯邦傾覆在即。人心惶惶，幾乎陷入末日躁動和沮喪中。

此時聯邦政府公佈了一直當成密件的影像，準人瑞版孟蟬和蟲后四十八分鐘的對峙……以及最後幽然嘶啞的歌聲。

準人瑞的努力並不是白費的。她在身體裡埋了無數晶片，記錄下十年來的一舉一動，終於揭開領域一小角神祕面紗，促進了精神力科學的開端。與蟲后的對峙和控制也顯現了蟲后並非無堅不摧的存在。

雖然比起原版，戰爭拖得更長，死亡人數更多，但是戰爭中成長起來的，能夠擁有領域之力的異能者也更多。

當中最耀眼的，卻是她的女兒孟燕和歌后向瑜。

長長的一百年，才打完這場幾乎滅世的蟲族戰爭。若不是找到封閉蟲洞的方法，這世界早已壞空。

這就是為什麼準人瑞的任務評價不高的緣故。

但是再怎麼不高，還是完成了黑色任務。這太不容易了，哪怕個人評價狂跌，但是幾層上司都注意到了，還很是誇獎了玄尊者幾句。

可黑貓高興不起來。

羅復原得非常、非常慢。

一年過去，兩年過去，三年過去。

她依舊在寒冰之下沉眠。

魂體已經結了厚實的疤痕，卻非常虛弱。黑貓感覺很不妙，類似的狀況在他剛到任時有過，睡著睡著……執行者就沒了。

有問題，找上司。

上司倒是在百忙之中親自來探望了。「……嗯，這小女孩求生意志怎麼這麼低？」

黑貓頭疼，「呃，她在世的壽算是他們種族的上限了。」

「原來如此。」上司恍然大悟，「但還喜歡做任務？喲，挺有創意的哈……」

上司笑咪咪的摸了摸下巴，「你讓她這麼養著太嬌慣了，不成不成。她這是靈魂虛弱，去任務裡養著才是王道。」

……任務裡九死一生的找刺激?!那真能好？

「她有健康屬性嘛。健康屬性只有任務裡才會作用。別擔心，我這裡有個任務好合適的……而且她絕對很熟，一點危險都不會有。」

黑貓慢慢的飛機耳。其實他不太相信上司。因為他被上司笑咪咪的坑過無數次……只是次次後悔，每每上當。

「我、我看我給她辦個貸款……」黑貓吞吞吐吐，他覺得寧可欠高利貸找醫生都好過被上司坑。

「我不會蓋章的。」上司溫和的說，「所以貸款絕對不會下來。」

黑貓張大了嘴，正絞盡腦汁要怎麼拒絕……上司已經將準人瑞從寒冰掏出來，並且火速塞進任務裡。

「……老大!!」黑貓慘叫，他絕對會被羅徒手拆解！

上司安慰他，「沒事。這任務你不用跟……等她回來氣就消了。這任務失敗也不扣分，反正已經有十七個人失敗了。」

瞪著一臉看熱鬧的上司，黑貓的眼眶溼潤了。

Seba · 蝴蝶

司命書. 貳 / 蝴蝶Seba著.
-- 初版. -- 新北市 : 雅書堂文化, 2018.01
面； 公分. -- (蝴蝶館 ; 79)
ISBN 978-986-302-405-7(平裝)

857.7 106023911

蝴蝶館 79

司命書 貳

作　　者／蝴蝶Seba
發 行 人／詹慶和
總 編 輯／蔡麗玲
特約編輯／蔡竺玲
執行編輯／蔡毓玲
編　　輯／劉蕙寧・黃璟安・陳姿伶・李佳穎・李宛真
封　　面／斐類設計
執行美編／陳麗娜
美術編輯／周盈汝・韓欣恬

出版者／雅書堂文化事業有限公司
郵政劃撥帳號／18225950
戶名／雅書堂文化事業有限公司
地址／新北市板橋區板新路206號3樓
電子信箱／elegant.books@msa.hinet.net
電話／（02）8952-4078
傳真／（02）8952-4084

2018年01月初版一刷　定價240元

經銷／易可數位行銷股份有限公司
地址／新北市新店區寶橋路235巷6弄3號5樓
電話／（02）8911-0825
傳真／（02）8911-0801

Seba・蝴蝶

Seba・蝴蝶

Seba · 蝴蝶

Seba・蝴蝶

Seba・蝴蝶

Seba · 蝴蝶